AF150563

Über die Autorin

Tara Riedman wurde 1974 in Düsseldorf geboren. Früher wollte sie Ärztin für Pferde, Mäuse, Marienkäfer und Regenwürmer werden, Kriminalpolizistin, Primaballerina, Hubschrauberpilotin (aufgrund ihrer ausgeprägten Höhenangst wohl keine besonders gute Idee) oder Romanautorin.

Dabei herausgekommen ist letztendlich zwar eine Karriere im Projektmanagement eines Großunternehmens, ihre Leidenschaft fürs Schreiben hat sie aber trotzdem nie ganz aufgegeben. Der Wunsch, ihre Geschichten nicht nur in der Schublade versauern zu lassen, sondern anderen Menschen damit etwas Freude und Ablenkung vom Alltag zu verschaffen, wurde im Laufe der Jahre immer stärker. Und wie heißt es so schön: Besser spät als nie – manchmal werden Kindheitsträume eben doch wahr.

Und nun begleite Mick und Nelly auf den Brandler-Hof: in das verschneite Winter-Wunder-Weihnachtsdorf Weidershausen.

Viel Spaß beim Lesen!

tarariedman.de
facebook.com/tarariedman.de

Schnee sei Dank

Weihnachtsroman
von
Tara Riedman

Impressum

2. Auflage
Copyright © 2015 by Tara Riedman
tarariedman.de
info@tarariedman.de

Umschlaggestaltung, Fotos & Motiv: Tara Riedman
Abbildung Weihnachtsdekoration: Colourbox.de
Copyright © 2015 by Tara Riedman

Herstellung und Verlag:
BoD – Books on Demand, Norderstedt
ISBN 978-3-73863-081-7

Alle handelnden Personen sind frei erfunden. Ähnlichkeiten mit lebenden oder verstorbenen Personen wären rein zufällig.

Bibliografische Information der Deutschen Nationalbibliothek: Die Deutsche Nationalbibliothek verzeichnet diese Publikation in der Deutschen Nationalbibliografie; detaillierte bibliografische Daten sind im Internet über http://dnb.dnb.de abrufbar.

Dein Lieblingsgetränk in der Hand, leckere Plätzchen auf dem Teller und ab in die Kuschelecke.

Ein Roman für gemütliche Winterabende!

1

Heißt es nicht, kurz vor Weihnachten geschehen überall auf der Welt kleine Wunder? Eines davon würde Nelly schon völlig ausreichen. Eines in Form einer Ansage, wo sie diesen verdammten Bahnsteig findet, an dem ihr Zug nach Stuttgart in den nächsten Minuten abfahren wird.

„Entschuldigung, können Sie mir sagen, wo Bahnsteig 4 ist?", fragt Nelly eine hochgewachsene, blonde Frau, die in diesem Moment ihren Weg kreuzt.

Anstelle einer Antwort neigt diese den Kopf beiseite und schaut mit hochgezogenen Augenbrauen an Nelly vorbei auf den Boden. Ihr kühler Blick verweilt auf einer roten Tasche, die mitten in einer der Matschpfützen liegt – verziert mit unzähligen dunklen Spritzern auf dem feinen Leder. Nelly stöhnt auf, als sie ihr Lieblingsstück nun zum dritten Mal an diesem Tag in dieser ungemütlichen Lage sieht. Die braunen Flecken auf der glatten Oberfläche erinnern in ihrer Form mittlerweile an ein frech grinsendes Sommersprossengesicht; es fehlt nur noch, dass es ihr schadenfroh die Zunge herausstreckt. Nelly geht in die Knie, wobei sie umständlich den Saum ihres hellen Mantels hochhält. Mit spitzen Fingern angelt sie nach dem Tragegriff und erlöst ihre Tasche schließlich mit einem Ruck aus der misslichen Situation. Prüfend hält sie sie in die Luft. Kleine Klümpchen rinnen daran herunter, und dicke Tropfen suchen sich ihren Weg zurück auf den nassen Boden des Kölner Hauptbahnhofs. Die Halle ist zwar vollständig überdacht, aber die vorbeihastenden Leute schleppen die ganze Schweinerei an ihren Schuhen mit hinein, und an diesem letzten Samstag vor Weihnachten gibt es besonders viele dieser gestressten Menschen. Sehr, sehr viele – wahrscheinlich mehr als an jedem anderen Tag im Jahr.

Nelly kann Züge nicht besonders gut leiden und die überfüllten Exemplare erst recht nicht. Auch wenn sie schon länger in Köln lebt, hat sie um den Bahnhof bisher immer einen großen Bogen gemacht. Das Krankenhaus, in dem sie arbeitet, ist mit dem Fahrrad gut erreichbar; und für längere Strecken hat sich bisher immer jemand gefunden, der ihr ein Auto ausleiht.

Umständlich rappelt Nelly sich auf und dreht sich zu der blonden Frau herum: Die Stelle, an der diese eben noch gestanden hat, ist leer. Verärgert zieht sie eine Packung Tempotücher aus dem Mantel und tupft damit notdürftig ihre Tasche trocken. Die Nässe hat bereits deutliche Spuren hinterlassen, aber zumindest kann sie in diesem Zustand wieder auf die Oberseite des Trolleys gebunden werden. Prüfend rüttelt Nelly am Kofferband. Dieses Mal muss der Gurt richtig fest sitzen, denn eine weitere Landung im Matsch wäre höchstwahrscheinlich das Todesurteil. Die Originalbefestigung ist trotz stundenlanger

Suche nicht auffindbar gewesen, und so musste wohl oder übel dieses fragwürdige Provisorium herhalten.

Nellys Augen wandern auf die Armbanduhr an ihrem Handgelenk. Wenn der Zug keine Verspätung hat, fährt er exakt in diesem Moment los. Dabei hat sie sich extra früh auf den Weg gemacht; doch offensichtlich ist extra früh an solch einem Tag immer noch nicht früh genug. Wer konnte denn mit diesem Chaos rechnen? Sobald das Wetter unfreundlicher wird, verlieren die Leute völlig den Verstand und löschen alle Verkehrs- und Verhaltensregeln von jetzt auf gleich unwiderruflich aus ihren Köpfen.

Nelly sieht sich um: Irgendwo müssen die Gleisnummern doch ausgeschildert sein. Schritt für Schritt kämpft sie sich voran – vorbei an sperrigen Regenschirmen und überdimensionalen Koffern, bis endlich die Anzeigetafeln der einzelnen Gleise erscheinen. Ungläubig starrt sie hinauf, denn nur einige der Bildschirme geben ihre Informationen in leuchtend weißen Buchstaben preis. Der Rest ist dunkel. Schwarz wie ein Höhleneingang im tiefsten Hexenwald. Ausgefallen, abgestürzt. Diese verfluchte Technik! So angenehm der Fortschritt in den meisten Fällen auch ist: Das wäre mit ordinären Blechschildern bestimmt nicht passiert. *Denk nach, Nelly! Rechts sind die ungeraden und auf der linken Seite die geraden Zahlen. Wenn dort die Nummer drei ist, dann muss gegenüber logischerweise die vier sein.* Auf gut Glück zerrt sie ihr Gepäck hinter sich her, die Treppen zu den

Gleisen hinauf. Mit der Tatsache, nur noch die ausfahrenden Rücklichter des ICE zu Gesicht zu bekommen, hat sie sich mehr oder weniger abgefunden. Umso erfreulicher ist der Anblick des weiß-roten Zuges, der erscheint, als sie die obersten Stufen endlich erreicht. Auf die Deutsche Bahn ist eben Verlass, was die Verspätungen angeht.

Bevor die Türen ihr vor der Nase zuschlagen können, steigt Nelly eilig ein und drängt sich an den Leuten im Gang vorbei. Gut, dass sie einen Sitzplatz reserviert hat, denn der Zug ist hoffnungslos überfüllt und stinkt zu allem Überfluss bis zum Himmel. Die nassen Jacken und Mäntel verbreiten einen unangenehm klammen Dunst. Vermischt mit dem teils recht penetranten Körpergeruch der Mitreisenden ergibt das keine sonderlich appetitliche Mischung. Nelly kräuselt die Nase, und eine kleine, steile Falte erscheint auf ihrer Stirn. *Das ist ja unerträglich!* Halt suchend stützt sie sich mit der Hand an einem der Fenster ab. In diesem Moment schließt der Zug zischend seine Türen, gefolgt von dem durchdringenden Pfiff des Schaffners. Nun gibt es kein Zurück mehr. Ein flaues Gefühl breitet sich in Nellys Magengegend aus und arbeitet sich langsam aufwärts. Vielleicht hätte sie besser frühstücken sollen, doch nach dem Aufstehen bekommt sie mit viel gutem Willen gerade mal ein halbes Brötchen herunter. Einen Snack hat sie vorsichtshalber zwar eingepackt, in der Hektik ist sie aber nicht dazu gekommen, auch nur einen Krümel davon zu essen. Ihr Mund wird trocken, ihre Zunge klebt förmlich am Gaumen fest, und die aufsteigende Übelkeit lässt sich kaum noch unterdrücken. Luft! Frische Luft muss her, denn tief durchatmen dürfte in diesem Umfeld eher kontraproduktiv sein. Der Panik nahe sucht Nelly die Fenster ab. *Wo zum Teufel sind die Griffe? Lassen diese Dinger sich nicht wenigstens ein Stückchen kippen?* Mit der flachen Hand schlägt Nelly gegen die Scheibe, und obwohl der Zug voller Menschen ist, nimmt niemand Notiz davon. Kalter Schweiß tritt ihr aus den Poren, und die Gesichter der anderen beginnen, vor ihren Augen langsam ineinander zu verschwimmen. Links neben ihr fliegt die Abteiltür auf, und eine Hand packt sie am Arm. Die Umgebung wird schwarz, Nellys Bewusstsein schwebt unaufhaltsam davon und taucht schließlich ab, in völlige Dunkelheit.

„Hallo? Können Sie mich hören?"

Von weit her dringen dumpfe Töne zu Nelly durch. Es klingt, als würde sie auf dem Grund eines Sees sitzen, aber die Worte von oben kämen gegen die Dichte der Wassermassen einfach nicht an.

„Mensch, die ist total weggetreten. Wir müssen einen Arzt holen!"

„Nee, is klar. Wo willste denn hier bitteschön einen Arzt aus dem Hut zaubern?"

„Hast du vielleicht ne bessere Idee, Klugscheißer?"

„Ruhe!", donnert die erste Stimme dazwischen. „Haltet die Klappe. Ich glaube, da ist sie wieder."

Das Erste, was Nelly sieht, als sie zu sich kommt, sind unzählige Augenpaare, die hinter der Scheibe auf sie hinabgaffen – als wäre sie ein pink-gestreifter Affe im Zoo. Mühsam rappelt sie sich auf.

„Wer braucht einen Arzt? Ich bin ...", setzt sie an, doch weiter kommt sie nicht. In ihrem Kopf dreht es sich wie in einem Kettenkarussell, und vor ihren Augen hüpfen bunte Punkte auf und ab. Stöhnend greift sie sich an die Stirn und lehnt sich seitlich gegen eines der grauen Sitzpolster.

„Kommen Sie, ich helfe Ihnen hoch."

Nelly spürt den gleichen starken Griff wie kurz zuvor draußen auf dem Gang. Mit einem energischen Ruck befördert der Fremde sie vom Boden hoch auf einen der Sitzplätze.

„Hier, nehmen Sie das."

Ein weißer Plastikbecher erscheint in ihrem Blickfeld. Dankbar nimmt sie ihn in ihre zitternde Hand und trinkt den Inhalt in einem Zug leer. Genau so muss man sich nach tagelanger Wanderung durch die Wüste fühlen, wenn endlich die heiß ersehnte Oase erreicht ist. Langsam füllt ihr Körper sich wieder mit Leben, und Nelly richtet die Aufmerksamkeit auf ihren Retter. Braune Augen sehen ihr durch zwei runde Brillengläser besorgt entgegen.

„Ich bin Thomas, aber nennen Sie mich ruhig Tom. Schön, dass Sie wieder bei uns sind", sagt er und sieht Nelly fragend an. „Noch ein Wasser?" Mit dem Finger deutet er auf eine Flasche in seinem Rucksack.

Dankbar nimmt Nelly das Angebot an. „Ja, bitte. Es tut mir wirklich leid, dass ich Ihnen so einfach vor die Füße gefallen bin. Ich weiß gar nicht, wie das passieren konnte. Bis ich eingestiegen bin, habe ich noch nichts gemerkt; plötzlich ist mir schlecht geworden und das war's dann." Fassungslos schüttelt sie den Kopf. „Ein Kreislauf-Kollaps wie aus dem Lehrbuch."

Tom reicht ihr den aufgefüllten Becher und sieht zufrieden zu, wie sie auch diesen an die Lippen setzt und mit einem Schwung herunterstürzt. „Sie sind immer noch etwas blass um die Nase. Ist wirklich alles wieder in Ordnung?"

„Mensch Dad, das siehste doch", kommt eine genervte Stimme von einem der anderen Sitze. „Schließlich zieht die sich die Brühe schneller weg als ich jede Pulle Bier." Der Schirm der schwarzen Baseballkappe hängt dem Jungen so tief ins Gesicht, dass seine Augen darunter vollständig verschwinden und jeder Versuch der Kontaktaufnahme im Keim erstickt wird. Sein Blick ist stur nach unten gerichtet, und die Arme vor seinem Kapuzen-Sweatshirt sind in einer Art und Weise verschränkt, wie Nelly es sonst nur von bockigen Kleinkindern kennt. Sichtlich gelangweilt kaut er auf einem Kaugummi herum. Über der malmenden Kiefermuskulatur sind vereinzelte Bartstoppeln erkennbar. Er dürfte vielleicht 15, maximal 16 sein. Ein reizendes Alter! Der andere Junge schaut mit großen Augen zwischen ihm und Tom hin und her, dann senkt sich auch sein Blick – vermutlich möchte er dem aufziehenden Donnerwetter seines Vaters entgehen. Hastig schiebt er die kleinen Kopfhörer in seine Ohren und wischt mit dem Zeigefinger über den Bildschirm des Smartphones.

Ein düsterer Ausdruck hat sich auf Toms Miene gelegt, und es ist unübersehbar, wie viel Selbstbeherrschung es ihn kostet, nicht die Nerven zu verlieren – sein Bedarf an pampigen Sprüchen scheint mehr als gedeckt.

„Reiß dich zusammen, Noah", zischt er drohend. „Die junge Frau hat einiges mitgemacht. Also versuch bitte, dem letzten bisschen Anstand in dir eine faire Chance zu geben, ja?"

„Mmh, ja ja", brummt Noah unbeeindruckt und fummelt die Kopfhörer ebenfalls unter dem Rand seiner Kappe hindurch. Auch er tippt auf seinem Smartphone herum, bis plötzlich quietschende Elektrogitarren in einer Lautstärke durch das kleine Abteil schallen, die normalerweise nur in einer Diskothek zu erwarten wären. Reflexartig schnellen Nellys Hände hoch und legen sich schützend über ihre Ohren. Die neugierigen Augenpaare vor den Schiebetüren, die sie nach ihrer Ohnmacht so indiskret angestarrt haben, sind wie auf Kommando wieder zurück. Sensationslüstern drücken die Leute sich abermals ihre Nasen an der Scheibe platt, um bloß kein Stück dieser Szene zu verpassen.

„Es reicht!", schreit Tom wütend gegen den Lärm an. Er reißt seinem Sohn das Gerät aus der Hand und drückt das Anschlusskabel vollständig in die Kopfhörerbuchse. Sofort verstummt die Musik und ist nur noch als gedämpftes Wummern wahrnehmbar. Wären Noah die Stöpsel dabei nicht aus den Ohren gerutscht, hätte er in diesem Moment wahrscheinlich seinen ersten Hörsturz erlitten. Vater und Sohn sehen sich an. Nelly kann die Luft zwischen den beiden förmlich knistern hören – Schweigen kann manchmal so laut sein.

Betont langsam gibt Tom Noah seine Sachen schließlich zurück. „Noch so eine Aktion, und das Ding wird bis zum Jahresende einkassiert. Ist das klar?" Sein Tonfall ist ruhig und samtweich, könnte aber locker einen Eisbären vor Kälte zum Zähneklappern bringen.

Ohne ein weiteres Wort stöpselt der Nachwuchs sich wieder zu. Mit leerem Blick starrt er unbeteiligt aus dem Fenster auf die vorbeifliegende nebelig-weiße Landschaft, ohne etwas von deren Schönheit wahrzunehmen.

„Tut mir leid. Die Hormone machen gerade, was sie wollen", sagt Tom entschuldigend an Nelly gewandt. Um seine zusammengepressten Lippen zuckt es – in ihm brodelt es weiterhin gewaltig.

„Kein Problem", antwortet Nelly mit einer wegwerfenden Handbewegung. „Machen Sie sich keine Gedanken." Mit dem Kinn deutet sie auf die beiden pupertätsgebeutelten Teenager. „Und ich dachte, *ich* hätte Probleme."

Ein schiefes Grinsen erscheint auf Toms Gesicht. „Tja, ist gerade keine leichte Zeit bei uns. Haben Sie Kinder?"

„Nein, noch nicht. Zu viel Arbeit, zu wenig Zeit", antwortet Nelly achselzuckend. „Aber irgendwann bestimmt."

Tom sieht sie prüfend an, sodass Nelly beinahe glaubt, er zweifle ihre Aussage an. Er lehnt sich vor und berührt vorsichtig die rechte Seite ihres Gesichts.

„Da ist eine ganz rote Stelle. Haben Sie sich gestoßen? Dabei habe ich Ihren Arm doch erwischt, bevor Sie gefallen sind."

Nelly tastet nach dem Fleck, der bei Druck tatsächlich schmerzt. In diesem Augenblick schießt ihr ein anderer Gedanke durch den Kopf. Rote Stelle? Rot? Ihr Gepäck! Wo ist der Trolley und die rote Tasche? Mit einem Satz ist sie auf den Beinen. Hektisch reißt sie die Abteiltüren auf und drängt sich durch die Leute hindurch bis zum Fenster vor. Gott sei Dank! Da steht es, als wäre nie etwas passiert. Erleichtert schnappt Nelly sich den Griff des Trolleys und zieht ihn so gut es geht hinter sich her. Vor dem Eingang zum Abteil bleibt sie zögernd stehen.

„Ich glaube, ich sollte mich besser auf die Suche nach meinem eigenen Sitzplatz machen. Dieser hier ist sicher für jemand anderen reserviert."

„Ja, ist er. Für meine Frau", antwortet Tom. „Wir

sind unterwegs zu meinen Schwiegereltern. Bei Julia ist allerdings ein kurzfristiger Geschäftstermin dazwischengekommen, deshalb kommt sie morgen nach." Einladend klopft er auf die leere Sitzfläche. „Also los. Ihre Sachen können Sie hier an der Seite abstellen."

„Okay, wenn es wirklich nichts ausmacht ..." Umständlich zwängt Nelly sich zurück ins Abteil und kramt ihre Frühstücksbox aus der Tasche, während Tom ihr Gepäck mit dem provisorisch umwickelten Kofferband amüsiert betrachtet.

„Eine interessante Konstruktion. Sind Sie Architektin? Ihren Namen haben Sie mir übrigens auch noch nicht verraten."

„Ich bin so ein Schussel!" Mit der flachen Hand schlägt sie sich leicht gegen die Stirn. „Mein Name ist Janelle. Janelle Morgan, aber alle nennen mich Nelly. Und was die Architektin angeht, ..." Ihr Blick wandert hinunter zu dem zusammengeflickten Bauwerk. "... das wird in diesem Leben wohl nichts mehr. Damit würde ich wahrscheinlich nicht mal genug Geld verdienen, um unsere bettelnde Nachbarskatze durchzufüttern – geschweige denn mich selbst."

Bei dem Gedanken ans Essen rumort es in ihrem Magen. Sie lässt sich neben Tom in die Sitzpolster sinken und nimmt einen herzhaften Bissen ihres Sandwichs. Obwohl der Eisbergsalat nun bereits seit Stunden zwischen den Toasthälften ausharren muss, knackt er immer noch zwischen den Zähnen, als wäre er gerade frisch zubereitet worden. Genüsslich schließt Nelly die Augen: Das tut vielleicht gut! Wann hat ein einfaches Frühstück jemals so köstlich geschmeckt?

„Um dem Hungertod zu entgehen, habe ich mich also für einen Beruf entschieden, der mir definitiv mehr liegt", fährt Nelly fort. „Ich bin Ärztin."

Erwartungsvoll sieht sie Tom an. Die Reaktion der Leute auf diese Tatsache fällt eigentlich immer ähnlich aus. Die meisten zeigen sich beeindruckt und wollen mehr über ihre Arbeit erfahren.

„Wow, das ist ja interessant!", ruft Tom aus. „Ich habe noch nie eine Ärztin kennengelernt. Also, privat meine ich, ohne dass ich krank war. Was genau machen Sie denn?"

Lächelnd legt Nelly das restliche Essen in die Box zurück und spült die letzten Krümel mit einem Schluck Kakao aus ihrer Reise-Thermoskanne hinunter. Mit vollem Mund spricht man schließlich nicht, und ein paar erklärende Worte sind jetzt wohl angebracht. Es war schon unhöflich genug, sich nicht ordentlich vorzustellen.

„Zurzeit mache ich meinen Facharzt in der Orthopädie und Unfall-Chirurgie. Für das Grundstudium war ich sechs Jahre lang an der Uni in Heidelberg. Dann bin ich für die zwei Jahre chirurgische Basisweiterbildung nach Köln gezogen, und jetzt kommen weitere vier Jahre im Fachbereich dazu. Das ist auch der Grund, warum ich so kurz vor Weihnachten geschäftlich unterwegs bin. Ich habe nämlich ein Vorstellungsgespräch."

Aufmerksam sieht Tom sie an. „Das hört sich nach richtig viel Stress an. Kein Wunder, dass für andere Sachen keine Zeit mehr bleibt. Wo ist das Vorstellungsgespräch denn?"

„Im Uniklinikum in Freiburg", antwortet Nelly und stellt die Thermoskanne in die Halterung an ihrer Armlehne.

Noah und sein jüngerer Bruder sitzen immer noch nahezu bewegungslos auf ihren Sitzen und schieben stumpfsinnig die Köpfe vor und zurück. Wenn das den Takt der Musik darstellen soll, lässt das Niveau des Rhythmus' sehr zu wünschen übrig. Unweigerlich steigt das Bild der Hühner aus dem Bauernhofurlaub in Nelly auf. Die haben beim Gehen genau die gleichen Bewegungen gemacht. Das war 1999, also vor genau 15 Jahren. Damals war sie erst 13 gewesen. Bei dem Gedanken daran, wie unglaublich lang das alles schon her ist, zuckt Nelly unmerklich zusammen. Obwohl so viel Zeit vergangen ist, hat dieser letzte gemeinsame Familiensommer sich wie eine Tätowierung in ihre Erinnerung gebrannt. Energisch schüttelt sie ihre braunen Locken und versucht, sich wieder auf das Gespräch mit Tom zu konzentrieren. Der runzelt die Stirn.

„Haben Sie echt den falschen Zug genommen?"

„Den falschen Zug?" Nellys Augen weiten sich auf unnatürliche Größe. „Wie kommen Sie denn darauf?"

„Na, weil dieser hier direkt nach Stuttgart fährt. In Richtung Freiburg gibt es günstigere Verbindungen."

„Ach so. Nein, nein", erwidert sie mit einem erleichterten Seufzer. „Das Gespräch ist erst am Dienstag. Davor besuche ich eine alte Schulfreundin in Steinenbronn. Wir sind zusammen aufgewachsen und haben uns seit Ewigkeiten nicht mehr gesehen. Weil ich sowieso in der Nähe bin, drängt sich ein Besuch also förmlich auf."

„Dann ist ja alles gut." Verstohlen dreht Tom sich zur Seite und hält seine Hand vor den Mund. „Sorry, aber ich bin hundemüde. In den letzten Wochen habe ich nicht viel Schlaf bekommen – diese verdammten Nachtschichten. Aber das kennen Sie ja sicher auch."

„Allerdings! Daran musste ich mich erst mal gewöhnen. Was machen Sie denn?"

„Ich bin bei der Polizei."

Interessiert horcht Nelly auf. „Auch ein toller Beruf! Sie haben noch nie eine Ärztin kennengelernt, und ich keinen Polizisten. Außerhalb von Verkehrskontrollen, meine ich. Legen Sie sich ruhig hin, wir sind schließlich noch ein bisschen unterwegs. Ich passe in der Zeit auf, dass ihre Jungs den Zug nicht in die Luft jagen."

„Ehrlich? Ist das wirklich kein Problem?"

Auffordernd zwinkert Nelly ihm zu. „Nein, wirklich nicht. Na los: Augen zu!"

„Danke! Ich kann's wirklich gebrauchen. Wecken Sie mich, wenn die beiden Mist machen, okay?" Zufrieden knautscht Tom eines der Kissen seitlich zwischen dem Fenster und der Rückenlehne seines Sitzes zurecht. Kurz darauf ist er auch schon eingeschlafen.

2

Samstag, 20. Dezember – am Nachmittag

Die Fahrt verläuft friedlich. Toms Söhne sind weiterhin in einer für Erwachsene offenbar unzugänglichen Parallelwelt gefangen; mehr als ein gelegentlicher Griff auf das Display, um ein neues Musikalbum anzustellen, ist von ihnen nicht zu erwarten. Nelly ist das ganz recht. Auch wenn sie grundsätzlich ein geselliger Typ ist, genießt sie die Stille in diesem Augenblick sehr. Ein bisschen Ruhe nach einem Kreislauf-Zusammenbruch hat noch niemandem geschadet.

Von den Leuten im Gang ist bei geschlossenen Türen kaum etwas zu hören, und das leise brummende Schlafgeräusch zu ihrer Linken hat eine beruhigende, beinahe schon hypnotische Wirkung. Die Ellenbogen auf den Knien abgestützt, sieht Nelly aus dem Zugfenster. Die Wetterlage hat sich verändert: Der matschige Schneeregen vom Kölner Hauptbahnhof ist dicken Flocken gewichen, die eng aneinandergedrängt vom Himmel rieseln. Alle Felder und Bäume sind vollständig von einer dünnen, weißen Decke überzogen und lassen endlich ein bisschen Vorweihnachtsfreude aufkommen. Wenn der Schnee in diesem Jahr tatsächlich zur richtigen Zeit liegen bleiben würde, wäre das eine nette Abwechslung. Meistens ist es erst im Februar oder März soweit, wenn Weihnachten längst vorbei ist und die Menschen sich auf den Kölner Straßenkarneval freuen. Nelly und ihre Kollegen allerdings weniger, da sie neben den ganzen Schnapsleichen dann zusätzlich unzählige Unterkühlungen behandeln müssen.

Nellys Aufmerksamkeit richtet sich auf den Himmel: Die dichte, graue Wolkendecke macht nicht den Eindruck, als wolle sie in absehbarer Zeit aufhören, weitere Flocken auf die Erde zu schicken. Hoffentlich macht das Wetter ihr keinen Strich durch die Reisepläne. Auf den Besuch bei ihrer Freundin Jazz freut sie sich seit Wochen, und spätestens an Heiligabend möchte sie bei ihrer Mutter in Weinsberg sein und dort gemeinsam mit ihr entspannte Festtage verbringen. Das erste Mal seit Jahren hat Nelly über Weihnachten keinen Dienst, und das muss bis zur letzten Sekunde ausgekostet werden. Wer weiß, wann sie wieder in den Genuss dieses Luxuszustands kommt. Von dem Vorstellungsgespräch im Freiburger Klinikum verspricht sie sich viel: Die dortigen Assistenzarzt-Stellen sind heiß begehrt und garantieren nicht nur eine Top-Ausbildung, sondern auch eine extra Portion Hektik. Nelly zieht einen Block und das schmale Etui mit ihrem Bleistift-Sortiment aus der Außentasche des Trolleys. Zeichnen ist neben der Medizin schon immer ihre zweite Leidenschaft gewesen und die einzig funktionierende Methode, um richtig abzuschalten. Mit leicht zur Seite geneigtem Kopf und gezücktem Stift betrachtet sie ihr Gegenüber. Die beiden Halbwüchsigen geben ein unverändert skurriles Bild ab. Unwillkürlich muss Nelly grinsen. Alle Jugendlichen gehen irgendwann durch eine für Erwachsene ziemlich befremdliche Phase. Der eine mehr, der andere weniger, und in diesem Fall sieht es nach mehr aus. Ihr Blick wandert weiter zu Tom, der friedlich schläft, wenn auch in fragwürdiger Haltung. Wie alt er wohl sein mag? Selbst bei entspannter Gesichtsmuskulatur überziehen feine Rillen seine Stirn, und in den Augenwinkeln haben sich bereits einige Lachfältchen eingegerbt. Nelly schätzt ihn auf Mitte 40. Also war er, als sein erstes Kind zur Welt kam, ungefähr in dem gleichen Alter, in dem sie selbst jetzt ist. Ob sie auch irgendwann heiraten und Kinder haben wird? Nachdenklich streicht Nelly sich eine Haarsträhne hinters Ohr und starrt hinunter auf das leere Blatt Papier. Von „Torschlusspanik" ist sie mit Ende 20 zwar weit entfernt, trotzdem hätte sie nichts dagegen, wenn der richtige Mann sich langsam bemerkbar machen würde. Ihre bisherigen Bekanntschaften waren, zumindest was die Familienplanung angeht, leider völlige Fehlgriffe. Mit keinem hätte sie sich auch nur ansatzweise vorstellen können, den Rest ihres Lebens zu verbringen. Verwunderlich ist das nicht, denn die Auswahl an potentiellen Liebhabern in ihrem Business ist überschaubar: Objektiv betrachtet, beschränkt der in Frage kommende Personenkreis sich auf Arztkollegen, Pfleger, Sanitäter und Patienten, wobei Letzteres aus nachvollziehbaren Gründen eher unprofessionell anmuten würde. Weder OP-Tisch noch Krankenbett haben das Potential für erotische Spannungen.

Eine große Partygängerin ist sie nie gewesen, und da zu Hause niemand auf ihre Rückkehr wartet, verbringt sie die meiste Zeit im Krankenhaus. Wäre der wöchentliche Einkauf nicht, würde der Kontakt zu Menschen abseits der Klinik quasi gegen null tendieren. Aber auch im Supermarkt ist die Chance, jemanden kennenzulernen, verschwindend gering. Meistens jagt sie dermaßen schnell durch die Gänge, dass selbst die Lebensmittel Schwierigkeiten haben, den rasanten Wechsel zwischen Verkaufsregal und heimatlichem Kühlschrank zu verdauen. Und außerdem: Wer lernt den Vater seiner Kinder schon beim Einkaufen kennen?

Aus Nellys Tasche ragt der Zipfel einer Tüte Weihnachtsplätzchen, die sie am Tag zuvor beim Bäcker erstanden hat. Für selbst gemachtes Gebäck hat die Zeit nicht ausgereicht. Erwartungsvoll fischt sie ein Rentier am Geweih aus dem Beutel heraus. Ihr Finger fährt über die feinen Schokoladenlinien, bevor sie es sich genüsslich in den Mund schiebt. Das Gefühl, dabei beobachtet zu werden, trügt nicht, denn als sie den Kopf anhebt, blicken ihr zwei gierige Augenpaare entgegen. Es gibt also doch etwas, dass die Jungs aus ihrer Lethargie reißen kann. Kommentarlos reicht Nelly ihnen die knisternde Zellophantüte hinüber. Ebenso kommentarlos greifen Noah und sein Bruder beherzt hinein und schaufeln sich die liebevoll geformten Kekse in den Mund. Wenigstens kann Nelly zwischen den Bissen ein genuscheltes „Danke" identifizieren. Kauend legt sie ihre Zeichenutensilien beiseite, klemmt sich die Tüte zwischen die Beine und nimmt ihr Computer-Tablet zur Hand. Inzwischen macht das Wetter ihr ernsthaft Sorgen: Draußen wird es immer dunkler, und die Landschaft ist durch das dichte Schneegestöber kaum noch erkennbar. Ungeduldig sieht Nelly zwischen dem einzelnen Empfangsbalken in der Ecke des Tablet-Displays und des sich in der Mitte drehenden Wartesymbols hin und her.

„Los jetzt! Wo bleibt die Verbindung?", murmelt sie vor sich hin und hält das Gerät hoch in die Luft. Tatsächlich baut die Seite sich langsam auf, allerdings ist das Ergebnis mehr als ernüchternd. Je weiter es Richtung Süden geht, desto ungemütlicher wird die Wettervorhersage – sogar Schneestürme sollen demnach möglich sein, und bis zu ihrer Freundin Jazz muss Nelly zweimal umsteigen. Eigentlich eine Sache von einer guten halben Stunde, aber unter diesen Bedingungen wird es bestimmt doppelt so lange dauern.

„Wie weit sind wir?", unterbricht eine schläfrige Stimme ihre Gedanken. Tom reibt sich über die Augen und blinzelt mit vorgehaltener Hand gegen die künstliche Beleuchtung an. „Haben die Jungs sich benommen?"

„Absolut vorbildlich", antwortet Nelly und hält

ihm den Keksbeutel entgegen. „Es ist nicht mehr weit, in einer Viertelstunde müssten wir da sein."

Schweren Herzens tauscht Nelly kurze Zeit später das warme Zugabteil gegen den eiskalten Bahnsteig aus. Der Wind pfeift erbarmungslos durch die offene Halle, und ein Blick auf die Anzeigetafel bestätigt Nellys Befürchtung: Einige Anschlusszüge sind bereits gestrichen worden. Fröstelnd zieht sie ihren Mantel zu und stellt den Kragen hoch. Die durchdringende Kälte des Bodens gräbt sich durch die Schuhsohlen, als wären sie aus Butterbrotpapier, und ihre Ohren sind trotz der dicken Locken innerhalb von Sekunden beinahe tiefgefroren. Mütze und Schal sind irgendwo in den Untiefen des Trolleys vergraben. Laut Jazz sind es bis zur S-Bahn-Station nur ein paar Schritte, trotzdem nestelt Nelly entschlossen an den Kofferverschlüssen und sucht nach den wärmenden Stricksachen. Die Witterung in Köln war schon unangenehm, aber kein Vergleich mit dem, was sich ihr hier präsentiert.

„Noah, hol mal einen Kofferkarren", ruft Tom seinem Sohn zu und fährt dann an Nelly gewandt fort: „Sie können ihr Gepäck mit bei uns draufpacken. Wahrscheinlich fahren Sie mit der S2 oder S3 weiter, richtig?"

Nelly nickt. „Sie kennen sich gut aus."

„Wir sind seit über 15 Jahren drei bis vier Mal im Jahr hier. Im August sind die direkten Abgänge zur

S-Bahn wegen Bauarbeiten geschlossen worden. Sie müssen also durch den Nordausgang in die Klettpassage, von da aus geht's runter. Mein Schwiegervater sammelt uns am Taxistand ein, bis dahin können wir gerne zusammen gehen."

Dankbar nimmt Nelly das Angebot an. Die Vorstellung, dass sie gleich wieder auf sich allein gestellt ist, gefällt ihr überhaupt nicht. Es ist ein schönes Gefühl, einmal nicht diejenige zu sein, die alles selbst organisieren muss – daran könnte Nelly sich glatt gewöhnen. Endlich taucht das Ende ihres weinroten Wollschals zwischen Shirts, Socken und Hosen auf. Sie schnappt danach und zieht den langen Schlauch heraus, ehe er wieder in der Versenkung verschwinden kann. Schnell wickelt sie ihn um ihren Hals und stülpt die passende Mütze über.

Mit dem großen Gepäckwagen kämpfen sie sich durch die drängelnden Reisenden. Es ist erst Viertel nach fünf, aber am Ausgang empfängt sie eine Dunkelheit, als wäre es bereits Mitternacht. Zudem tobt dort draußen ein Schneetreiben, wie Nelly es nie zuvor gesehen hat. Die Flocken tanzen so eng, dass sie beinahe ineinander verschmelzen. Ihre halbhohen Stiefel versinken im Nu in der weißen Masse, und sie muss entsetzt feststellen, dass die handgefertigten Designerstücke für eine 15 Zentimeter hohe Schneedecke noch ungeeigneter sind als für den eiskalten Steinboden auf dem Bahnsteig. Eigentlich legt Nelly keinen Wert auf teure Kleidung, und ihre Füße ste-

cken die meiste Zeit über ohnehin in weißen Holz-
pantoffeln. Nur an diesen braunen Stiefeletten hatte
sie nicht vorbeigehen können – der erste und bisher
einzige sündhaft teure Kauf in ihrem Leben, der gerade auf dem besten Weg ist, irreparable Schäden da-
vonzutragen. Warum hat sie bloß kein wetterfestes
Schuhwerk angezogen? Verärgert starrt sie auf die
dunklen Ringe hinunter, die sich auf der Oberfläche
bilden.

„Da drüben ist die Passage. Schaffen Sie es bis dahin?"

„Klar, kein Problem", antwortet Nelly überzeugter
als ihr in Wirklichkeit zumute ist. Prüfend rüttelt sie
an ihrer wiederhergestellten Kofferkonstruktion,
während Tom in seiner Jackentasche kramt und
schließlich einen länglichen Gegenstand zu Tage befördert.

„Hier, das ist für Sie. Kommen Sie heil bei Ihrer
Freundin an."

Nelly dreht die silberne Dose mit dem Logo der
Polizeistation Esens in ihrer Handfläche hin und her.
An der Oberseite ist eine kleine Düse angebracht,
und seitlich baumelt eine Minilampe am Kettchen.
Neugierig drückt sie auf den Knopf, und ein heller
LED-Ring leuchtet auf.

„In der Dose ist CS-Gas. Das sollte jede Frau griff-
bereit haben, wenn Sie mich fragen. Es treiben sich
nicht nur so nette Kerle wie ich auf den Straßen
rum." Ein fröhliches Zwinkern zuckt um Toms Au-

gen, das Nelly unwillkürlich zum Lächeln bringt. Hätte sie geahnt, wie recht er damit haben sollte, wäre sie ihm vor lauter Dankbarkeit auf der Stelle um den Hals gefallen.

Tom sieht hinüber zum Taxistand vor dem Bahnhofsgebäude. Anstelle der zu erwartenden Taxen, steht dort ein schwarzer Wagen und lässt seine Lichthupe zum wiederholten Male ungeduldig aufflackern. „Ich fürchte, wir müssen los", sagt er bedauernd. „Machen Sie es gut, Nelly. Und ein frohes Fest!" Mit diesen Worten stellt er den Kofferkarren ab und wirft seine Reisetasche über die Schulter.

„Danke für die Hilfe, und Ihnen auch ein frohes Weihnachtsfest!", ruft Nelly ihm hinterher und sieht zu, wie er das Gepäck verstaut und zum Abschied die Hand hebt. Dann verschwindet er im Innenraum des Autos. Kaum sind die Türen geschlossen, heult ein Motor auf und der Kombi entfernt sich mitsamt seiner Ladung Meter für Meter weiter von ihr. Als er schließlich um die Ecke biegt, breitet sich eine seltsame Leere in Nelly aus. Obwohl sie die Familie genau genommen gar nicht kennt und die Jungs nicht gerade durch ihre überschwängliche Höflichkeit herausstechen, erfüllt Verlust und Einsamkeit ihr Herz. Die glänzende Dose liegt immer noch wie ein wertvoller Schatz fest umschlossen in ihrer Hand. Was ist nur los mit ihr? Melancholische Gedanken sind sonst gar nicht ihre Art. Ob die Sehnsucht nach einem Partner, der ihr in allen Lebenslagen zur Seite steht, doch größer ist als sie sich eingesteht? Eine Windböe wirbelt durch Nellys Haar und stößt so stark gegen ihren Rücken, dass sie beinahe das Gleichgewicht verliert. Zumindest sind die düsteren Gedanken damit vorerst verdrängt – und das ist gut so. Denn wenn sie an diesem Abend heil und möglichst ohne Lungenentzündung ans Ziel kommen will, sollte sie sich jetzt besser auf den Weg machen.

3

Erleichtert lässt Nelly sich auf einen der freien S-Bahn-Sitze fallen. Und davon gibt es viele. Sehr viele. Offenbar hatte der Verkehr über eine Stunde lang brach gelegen, und dann waren direkt zwei Bahnen hintereinander gekommen. Natürlich hatten sich alle Wartenden mit Gewalt in die Erste hineingequetscht – wie es den menschlichen Instinkten eben entspricht. Als Nelly ihr Gepäck endlich vollständig auf den Bahnsteig gewuchtet hatte, waren davon allerdings nur noch die Rücklichter und die eng aneinander gedrängten Leiber in den hell beleuchteten Waggons erkennbar. Sie selbst hatte weiterhin in der Kälte gestanden, sich den Kopf verzweifelt über einen Plan B zerbrochen, und gegen ihre sonstigen Gewohnheiten geflucht wie ein Bauarbeiter. Die Vorstellung, wie ihre Mum sich bei diesem Anblick die Haare raufen und all ihre Erziehungsmethoden in Frage stellen würde, hat sie jedoch sofort wieder verstummen lassen. Gerade als Nelly sich auf den Rückweg zum Taxistand machen wollte, war unverhofft die zweite S-Bahn auf dem Gleis eingefahren. Mit Toms warnenden Worten vor zwielichtigen Gestalten im Hinterkopf, hat sie sich vorsichtshalber für einen Platz ganz vorne, hinter der Tür des Schaffners entschieden. Sicher ist sicher. Nelly sieht sich um. Die anderen Fahrgäste kann sie quasi an einer Hand abzählen, außerdem ist das Abteil hoffnungslos überhitzt. Unter anderen Umständen hätte diese trockene Heizungsluft sie wahrscheinlich gestört, aber jetzt kommt sie ihr gerade recht – raus in die Kälte wird es früh genug wieder gehen. Doch mit der Wärme kehrt nicht nur das Gefühl zurück in ihre verfrorenen Gliedmaßen, auch eine bleierne Müdigkeit breitet sich aus, und Nellys Augen werden schwer. Sie holt einen MP3-Player aus der Tasche und klappt ihre schmalen Kopfhörer auseinander. Die Kombination aus ruhiger Musik und dem monotonen Ruckeln der Bahn hat eine einschläfernde Wirkung. Ihre Gedanken schweifen ab zu Jazz, die sicher schon auf die Straße hinuntersieht und ungeduldig wartet. Sollte der Anschlussbus wie geplant fahren, wird sie in einer guten halben Stunde dort sein und den Rest des Abends gemeinsam mit ihrer Freundin und einem Glas Wein auf dem Sofa verbringen. Sie werden in Erinnerungen an ihre Jugendzeit schwelgen und dabei die Köstlichkeiten von Jazz' legendären Kochkünsten genießen. Allein bei dem Gedanken daran gibt Nellys Magen ein leises Knurren von sich.

Ein heftiger Ruck reißt sie mitleidslos aus den wohligen Träumen. Sie schleudert vornüber und schlägt hart auf die Kante des gegenüberliegenden Sitzes, bevor sie schließlich auf dem dreckigen Boden landet. Der Trolley hat sich ebenfalls in Bewegung gesetzt und fällt Sekunden später laut scheppernd um. Vorsichtig tastet Nelly nach der schmerzenden Stelle auf ihrer Stirn. Der anschließende Check ihrer Fingerkuppen zeigt, dass wenigstens kein Blut fließt. Trotzdem ist bereits eine kleine Erhebung entstanden – das wird eine ordentliche Beule geben! Stöhnend rappelt sie sich auf und sammelt ihre Sachen ein. Hilfesuchend dreht Nelly sich herum. Das Abteil ist leer. Sie ist allein – der einzig verbliebene Fahrgast. Das Licht spiegelt sich in den Scheiben und macht es fast unmöglich, außerhalb des Waggons etwas zu erkennen. So nah wie möglich presst Nelly sich ans Fenster, legt die Hände seitlich neben ihr Gesicht und drückt die Nase gegen das kalte Glas. Es bietet sich das gleiche Bild wie bei der Abfahrt: Schnee, Schnee und noch mehr Schnee. Nur dieses Mal ohne jegliche Laternen, Häuser, Autos oder anderer Anzeichen menschlichen Lebens. Unter dem ganzen Weiß sind mit viel Fantasie Umrisse von Bäumen sichtbar – von ziemlich vielen Bäumen. Nelly zieht ihr Handy aus dem Mantel und deaktiviert den Bildschirmschoner. Kein Empfang! Das Tablet präsentiert sich ebenfalls als Totalausfall, alles andere hätte auch an ein Wunder gegrenzt. Seufzend wirft sie die für den Moment völlig nutzlose Technik in ihre Tasche zurück und schüttelt ratlos den Kopf. Was zum Teufel ist bloß passiert? Und wo ist der Schaffner? Irgendjemand muss den Zug immerhin gefahren haben. Der Antrieb ist seit dem Aufprall völlig verstummt, kein

Motorengeräusch – nichts. Die Stille legt sich wie eine unheilvolle Wolke auf die Umgebung und verursacht eine bedrückende Endzeit-Atmosphäre.

„Hallo? Ist da jemand?", ruft Nelly den leeren Plätzen entgegen. Ihre Stimme vibriert. Niemand antwortet, ihre Worte verpuffen völlig ungehört wie lautlos zerplatzende Seifenblasen, die sich auflösen, als hätte es sie nie gegeben.

Der Durchgang zur Fahrerkabine ist geschlossen und nicht einsehbar. Nelly geht zur Tür und fährt mit den Händen über die glatte Oberfläche. Es gibt keine Klinke und keinen Griff, nur eine runde Zylinder-Öffnung für einen Schlüssel. Unschlüssig tritt sie von einem Bein aufs andere. Gerade als sie zu ihrem Platz zurückkehren will, knallt nebenan etwas lautstark gegen die Wand. Erschrocken fährt Nelly zusammen. Da ist jemand! Irgendwer ist auf der anderen Seite und versucht, zu ihr in den Waggon zu gelangen. Plötzlich ist sie sich nicht mehr ganz sicher, ob es nicht doch besser wäre, allein in diesem Raum zu bleiben. Warum ist die Tür verschlossen? Wenn es sich wirklich um den Schaffner handelt, wieso schließt er dann nicht einfach auf, sondern schmeißt irgendwelche Gegenstände dagegen? Als Fahrer müsste er schließlich einen Schlüssel haben. Hektisch scannt Nelly jede Ecke ihres Gefängnisses mit den Augen ab, auf der Suche nach einem geeigneten Versteck. Oder sollte sie besser laut rufen und auf sich aufmerksam machen? Unfähig, eine klare Entscheidung zu treffen, verfällt sie in eine Art Schockstarre. Was für ein verdammter Albtraum! Während sie fieberhaft nach einem Ausweg sucht, rumort es im Türschloss, und die Metallverriegelung springt mit einem klackenden Geräusch zurück. Bevor Nelly reagieren kann, öffnet sich der Durchgang, und ein junger Mann drängt durch den entstandenen Spalt. Eine dunkelblaue Wollmütze tief in die Stirn gezogen, lehnt er Kaugummi kauend im Rahmen und starrt sie wortlos an. Kaugummis scheinen Nelly an diesem Tag zu verfolgen, aber das ist gerade ihr geringstes Problem: Irgendetwas in dem Blick des Mannes macht sie nervös – und das nicht im positiven Sinne. Ihr Magen krampft sich zusammen, und instinktiv treten ihre Füße einen Schritt zurück. *Okay, jetzt bloß nicht die Nerven verlieren,* denkt Nelly und strafft die Schultern. *Lass dir deine Unsicherheit nicht anmerken und wage es ja nicht, vor lauter Aufregung noch mal aus den Latschen zu kippen!*

Sie drückt den Rücken durch, streckt das Kinn hervor und fragt mit fester Stimme: „Sind Sie der Zugführer?"

Statt einer Antwort dringt das schmatzende Geräusch von zu viel angesammelter Spuke an ihre Ohren, und im nächsten Moment schießt das Kaugummi aus seinem Mund wie eine Kugel aus der Pistolenmündung. Mitten auf dem Boden bleibt es liegen. Mit der Zunge fährt er sich über die trockenen Lippen und befördert den klebrigen Knubbel mit der

Fußspitze in die nächstbeste Ecke. Mühsam würgt Nelly ihren aufkeimenden Brechreiz herunter. Was für ein fieser Kerl! Als ihre graue Zellen die Arbeit langsam wieder aufnehmen, fällt ihr das CS-Gas von Tom ein. Es muss in der Außentasche ihres Mantels sein, und der hängt über dem Trolley neben dem Sitz.

„Ich habe Sie was gefragt. Sind Sie der Zugführer?" Mit hochgezogenen Augenbrauen hält Nelly dem Blick des Widerlings stand und geht rückwärts Schritt für Schritt zurück an ihren Platz.

„Jep, bin ich", knurrt der Mann schließlich. „Musste ne Vollbremsung hinlegen. Ein Baum hat sich quer über die Schiene gelegt. Alles okay bei dir?"

Nelly nickt. Er redet in annähernd vollständigen Sätzen – das macht die Situation zumindest ein klein bisschen weniger beängstigend. Vielleicht hat ihre Fantasie seinen Charakter schwärzer gemalt als er in Wirklichkeit ist.

„Mir ist nichts passiert. Nur eine kleine Beule." Sie deutet auf die leicht erhabene Stelle an ihrer Stirn. „Was hat denn da vorn eben so gescheppert?"

Der Mann trottet auf sie zu und setzt sich auf den gegenüberliegenden Platz. Betont breitbeinig hängt er sich ins Polster, sodass Nelly sich zwingen muss, ihm nicht zwischen die Beine zu starren. Ein undefinierbarer Geruch weht herüber und lässt ihren Magen augenblicklich zu einem harten Knoten zusammenschrumpfen.

Das Unbehagen von eben ist mit einem Schlag wieder da. Er hustet. „Hab die Schlüssel nicht gefunden. Na, wie's halt so ist. Da hat das Scheißding eben nen Tritt abgekriegt, verstehste, Schätzchen?"

Nelly räuspert sich. Was soll sie zu so einer Argumentation schon sagen? „Also gut. Wie geht es jetzt weiter? Können Sie über Funk Hilfe rufen?"

„Könnt ich schon. Würde nur nix bringen. Hier kommt bei dem Wetter eh keiner raus. Der ganze Betrieb um Stuttgart ist eingestellt worden. Wenn der beschissene Baum uns nicht schon vorher ausgebremst hätte, wär beim nächsten Halt sowieso Schluss gewesen." Geräuschvoll zieht er die Nase hoch, was Nelly mit einem genervten Kopfschütteln quittiert.

„Wie weit sind wir noch von Leinfelden entfernt? Dort muss ich in den Bus umsteigen."

Die Antwort ist ein glucksendes Lachen, und Nelly kann beim besten Willen nicht verstehen, was an der Frage so erheiternd sein soll. Ihr würden spontan sehr viele Adjektive zur Beschreibung ihrer Situation einfallen, aber *lustig* gehört definitiv nicht dazu.

„Da sind wir schon längst vorbei. Bist wohl eingepennt, was?" Er scheint sich prächtig zu amüsieren.

„Vorbei? Wie vorbei? Wo sind wir denn?", ruft Nelly mit deutlich hysterischem Unterton. Ihre sonst so sanfte Stimme wackelt beträchtlich, und die Tonlage hat sich mittlerweile um mindestens eine Oktave nach oben verschoben.

„Kurz hinter Weidershausen. Ist'n kleines Kaff. Hatte früher ne eigene Bahnstation, die ist aber seit Ewigkeiten stillgelegt." Seine Hand wippt unruhig auf und ab, und Nelly kann nicht umhin, die herunterbaumelnden Finger zu bemerken. Seine rissigen Nägel haben eine ungesund gelbliche Farbe und verraten mehr über diesen Kerl als sie wissen will; wahrscheinlich wacht er morgens schon mit einer filterlosen Kippe im Mundwinkel auf. Jetzt ist auch klar, was für ein Gestank ihre Nase in dauerhaften Ausnahmezustand versetzt, seit die Verbindungstür sich geöffnet hat. Ebenso wie vorhin, kurz vor ihrer Ohnmacht im ICE, macht tiefes Durchatmen hier wenig Sinn. Zur Ablenkung fixiert sie deshalb ein zerknittertes Schokoladenpapier unter der Getränkeablage. Auf keinen Fall wird sie eine Sekunde länger als nötig mit diesem Ekel unter einem Dach verbringen. Er rückt ihr eindeutig zu nah auf die Pelle: Ein Fluchtplan muss her!

Als Nelly wieder aufblickt, stellt sie angewidert fest, dass sein lüsterner Blick sich auf Höhe ihrer Brüste festgefahren hat. *Das ist ja wie im schlechten Horrorfilm – fehlen nur die sabbernden Speichelfäden an seinen Mundwinkeln.* Nelly springt auf, wirft sich ihren Mantel über und knöpft ihn bis zum Hals zu. „Wie weit ist es bis nach Weidershausen?", bellt sie ihn an.

Belustigt hebt der Mann seine buschigen Augenbrauen. „Bei dem Schnee kommste nicht sehr weit,

Schätzchen. Schon gar nicht mit dem ganzen Gepäck da." Sein Kopf zuckt in die Richtung ihres Trolleys. Auch wenn es schwer fällt, das zuzugeben: Wahrscheinlich hat er damit sogar recht. Nelly wirft einen Blick zum Ende des Waggons. Wie weit der Bahnsteig dieses Ortes wohl vom Zug entfernt sein mag? Hat er nicht eben gesagt, sie seien kurz hinter Weidershausen liegengeblieben?

„Öffnen Sie bitte die Tür?"

„Was?"

„Bitte öffnen Sie die Tür!"

„Warum?"

„Weil ich Sie darum bitte!" Langsam aber sicher mischt sich zu Nellys Unbehagen eine ordentliche Portion Wut. Was meint dieser Kerl eigentlich, wer er ist? Der Herrscher aller Zugtüren?

„Die müsste ich von vorn erst freigeben. Kann ich aber nicht, weil kein Strom da ist. So ein Pech!" Sein dümmliches Feixen entblößt zwei Reihen schief sitzender Zähne, die es farbtechnisch gesehen locker mit seinen Fingernägeln aufnehmen können.

Mit vor der Brust verschränkten Armen funkelt Nelly ihn an. „Soso, kein Strom, ja? Und warum stehen wir dann nicht im Dunkeln, sondern unter einer bestens funktionierenden Beleuchtung?"

Sein Grinsen erstirbt. Für einen Moment fixiert er sie mit seinen kleinen, stechenden Augen, macht sich dann aber doch widerwillig auf den Weg zur Fahrerkabine. Erleichtert lässt Nelly die angehaltene Luft aus ihrer Lunge entweichen. Was ihr hier zugemutet wird, grenzt an Psychoterror! Sie will gar nicht darüber nachdenken, was passiert wäre, wenn er sich geweigert hätte.

Kaum ist er um der Ecke verschwunden, kramt Nelly mit zittrigen Händen Toms Dose aus der Manteltasche. Nach kräftigem Schütteln drückt sie mit weit von sich gestrecktem Arm auf die obere Düse, bis feiner Nebel aus der Öffnung kommt. Es funktioniert! Der Gestank von diesem Typ, gepaart mit dem Gas, ergibt eine unerträgliche Mischung. Glücklicherweise lässt der obere Teil des Fensters sich in dieser Bahn wenigstens kippen. Die Scheibe ist kaum eingerastet, da suchen sich die ersten Schneeflocken ihren Weg durch den offenen Spalt. Kalter Wind strömt herein und macht deutlich, wie stickig es in diesem Abteil ist. Die Dose weiterhin fest im Griff, wartet Nelly auf das ersehnte Zischen, das die Freigabe der Türen ankündigt. Als es endlich ertönt und sie mit dem Druck auf den leuchtenden Halteknopf das Tor in die Freiheit öffnet, fällt die Anspannung von ihr ab. Die wiedergewonnene Leichtigkeit löst sich allerdings schnell wieder in Luft auf, als sie den Kopf nach draußen streckt. Es ist stockdunkel, nass und bitterkalt. Ungefähr 60 Meter weiter hinten sieht sie etwas, das der Anfang eines Bahnsteigs sein könnte. Nelly kneift die Augen zusammen, doch so sehr sie sich auch anstrengt, die Sicht durch das Schneegestöber wird nicht besser. Was immer es ist, das sie dort sieht: Es schürt einen Funken Hoffnung. 60 Meter! Das müsste ungefähr auf gleicher Höhe mit den hinteren Bahnausgängen liegen. Möglicherweise trifft sie auf dem Weg dorthin sogar auf andere Fahrgäste, die ihr helfen können. Obwohl die Wahrscheinlichkeit bei näherer Betrachtung eher gering ist. Wenn es weitere Reisende gäbe, wären diese mittlerweile sicher nach vorn gekommen, um nachzusehen, warum es nicht weitergeht. Nelly zerrt ihr Gepäck den Gang hinunter. Egal, ob irgendwo Verstärkung wartet oder nicht, sie will nur eines: weg von hier – und das so schnell wie möglich.

„Hey, warte mal! Wo willste denn hin? Ich dachte, wir machen uns nen netten Abend." In der Stimme des Zugführers schwingt tatsächlich eine Spur Enttäuschung mit. Hat er wirklich geglaubt, sie würden heute Nacht in trauter Zweisamkeit im grellen Neonlicht liegen und sich ihre Lebensgeschichten erzählen?

„Da stecke ich lieber bis zum Hals im Schnee", murmelt Nelly schaudernd, bevor sich die Verbindungstür zum nächsten Waggon hinter ihr schließt.

4

Samstag, 20. Dezember – am Abend

Bis auf ein paar zerknüllte Zeitungen und klebrige Essensreste ist der gesamte hintere Teil des Zuges leer. Nelly hat das Ende des vierten Waggons beinahe erreicht, da erscheint auf der linken Seite wahrhaftig der Bahnsteig. Die Station selbst macht einen verwahrlosten Eindruck und bestätigt die Aussage des Fahrers, dass sie bereits vor langer Zeit stillgelegt worden ist. Ein notdürftiger Unterstand mit löchrigem Dach ragt aus der weißen Masse heraus, unter dem es aber immerhin eine kleine schneefreie Zone gibt. Nelly versucht, den Trolley hinter sich herzuziehen, was sich schon nach dem ersten Schritt als unmöglich herausstellt: Die Rollen stecken fest. Fluchend lässt sie den Griff los und schlägt mit den Füßen eine kleine Schneise frei. Die Türen schließen sich unter lautem Ächzen. Erschrocken fährt sie zusammen, wirbelt herum und sieht zurück zum beleuchteten Innenraum der Bahn. Fast hat sie erwartet, den Zugführer direkt hinter sich vorzufinden – zu drohender Größe aufgebaut und die schmierigen Hände gierig nach ihr ausgestreckt. Doch es ist niemand da. Ist das nun eine gute oder schlechte Nachricht? Zweifelnd schaut Nelly zwischen dem einsamen Bahnsteig, der mitten ins Nirgendwo führt, und dem Zug hin und her. Keine der beiden Möglichkeiten wirkt besonders reizvoll: Möchte sie draußen in der Kälte mutterseelenallein erfrieren oder lieber im Warmen diesem Irren ausgeliefert sein?

Der Boden unter der Überdachung ist lediglich mit einer dünnen Schicht Matsch überzogen. Aus den darunterliegenden, zerbrochenen Pflastersteinen wuchert Grünzeug, und die Sitzbank besteht aus verrotteten Holzplanken. *Denk nach*, fordert sie sich selbst energisch auf und haucht einen Schwall warmen Atem in ihre Hände. *Irgendwie musst du zu diesem Dorf kommen, das ist deine einzige Chance.* Verdrossen blickt sie auf ihren Trolley hinunter. Die roten Punkte auf der Vorderseite sind die letzten verbliebenen Farbtupfer in dieser trostlosen Einöde. Er war ein Geschenk ihrer Mutter zum Studienbeginn vor acht Jahren und hat ihr seitdem immer treue Dienste geleistet. Außerdem beherbergt er momentan nicht nur ihre Wechselsachen, sondern auch die Weihnachtspräsente. Nelly löst den Gurt, mit dem die Ledertasche immer noch festgezurrt ist. Es hilft alles nichts: Die Chance, den Koffer durch den Schnee zu ziehen, ist gleich null – sie wird ihn zurücklassen müssen, bis das Wetter sich beruhigt hat. Beinahe liebevoll streicht Nelly über dessen Oberfläche, bevor sie ihn schließlich entschlossen auf den Boden legt und den Deckel öffnet. Wenigstens ein trockenes Oberteil, Socken und ein paar Kosmetikartikel müssen mit; damit ist die kleine Tasche am Ende ihrer Aufnahmefähigkeit angelangt. Der Reißverschluss lässt sich kaum schließen, und an den Seiten drücken sich kleine Beulen durchs Leder. Den Trolley schiebt sie notdürftig unter die morschen Planken der Bank. Unauffällig geht zwar anders, aber ein besseres Versteck gibt es nicht. Außerdem dürfte die Gefahr, dass sich hier draußen ein Kofferdieb herumtreibt, eher gering sein. Zielstrebig stapft Nelly den Bahnsteig entlang und macht sich auf die Suche nach der Straße, die Richtung Weidershausen führt.

Straße ist ein großes Wort für den Trampelpfad, den Nelly vorfindet. Es gibt nur einen von Bäumen umsäumten Weg, der mitten in den Wald hineinführt. Keine anderen Fußspuren außer ihren eigenen, die sich immer tiefer in den Schnee graben. Ihre Stiefel haben den Kampf gegen das Wetter inzwischen endgültig verloren und lassen ungehindert alles durch, was durch will. Das Ergebnis sind triefnasse Socken und gefühllose Zehen. Auch der Mantel hält dem Schneegestöber nicht mehr stand und weicht von Minute zu Minute weiter auf. Manche Menschen leiden ständig unter kalten Füßen. Sie hindern sie am einschlafen, weil sie trotz kräftigem Aneinanderreiben unter der Bettdecke einfach nicht wärmer werden wollen. Bisher konnte Nelly diese Problem lediglich aus medizinischer Sicht nachvollziehen. Sie gehörte nie zu den Frauen, die mit derartigen Durchblutungsstörungen gestraft sind. Doch jetzt greift die Angst um jede ihrer Gliedmaßen wie eine eiskalte Hand aus dem Jenseits nach ihr. Die Lichter des Zuges rücken in immer weitere Ferne, und mit jedem Schritt schmiegt die Dunkelheit sich enger um Nelly herum.

Kurz vor dem Beginn des Waldes bleibt sie stehen. Rechts und links sind nichts als dicht aneinandergedrängte Bäume. *Jeder, der behauptet, sich in solch einer Situation nicht vor Angst ins Hemd zu machen, ist ein gottverdammter Lügner!* Nie zuvor in ihrem Leben hat sie sich dermaßen erbärmlich und verloren gefühlt. Beim Anblick des gähnend schwarzen Lochs zwischen den Stämmen, das sie verschlucken wird, sobald sie sich wieder in Bewegung setzt, steigt nackte Panik in ihr auf. Auch die kleine LED-Lampe an der CS-Gas-Dose kann nicht mehr viel ausrichten. Aber zumindest lässt der schwache Lichtschein eine ungefähre Ahnung aufkommen, wo der Pfad sich entlangschlängelt. Jede Sekunde fühlt sich wie eine kleine Ewigkeit an, und Nelly hat nicht die geringste Ahnung, wie lange sie schon unterwegs ist. Jegliches Zeitgefühl ist ihr abhanden gekommen – weggetragen mit dem heulenden Wind.

Ihr Tempo verlangsamt sich immer mehr, und der Frost bohrt sich unerbittlich in jede Faser ihres Körpers. Die einzig verbliebene Wärmequelle sind die Tränen, die ihr mittlerweile hemmungslos über die Wangen laufen. *Was, wenn ich es nicht schaffe?*, denkt Nelly verzweifelt. *Wenn ich vor Müdigkeit einfach umfalle und einschlafe? Niemand wird etwas bemerken. Niemand wird heute Nacht in dieser Einöde nach mir suchen.*

Stück für Stück zwingt Nelly sich weiter vorwärts, bis sie zwischen zwei herzzerreißenden Schluchzern plötzlich erstarrt. Dort hinten ist ein Licht. Das Dorf! Das muss das Dorf sein! Ein hysterisches Kichern lässt Nelly zusammenzucken, bis sie bemerkt, dass die Laute aus ihrer eigenen Kehle kommen. Ein schrecklicher Gedanke schießt ihr durch den Kopf: Oma Inge hat ihr früher immer die Geschichte vom Mädchen mit den Schwefelhölzern vorgelesen. Ein fürchterlich trauriges Märchen, an dessen Ende das kleine Waisenmädchen im Schnee stirbt, ohne es selbst zu bemerken – begleitet von wunderschön heimeligen Visionen, die ihr den Tod ein wenig erträglicher machen sollen. Liegt sie selbst vielleicht auch schon auf dem kalten Boden und haucht ihren letzten Atemzug aus?

Mit aller verbliebenen Kraft zwickt Nelly sich in die Hand und stellt erleichtert fest, dass dies ziemlich weh tut. Kein Traum, keine Vision – das Licht ist immer noch da! Wenn es sogar durch das dichte Schneegestöber sichtbar ist, kann es nicht mehr weit sein. Zur Bestätigung ertönen in diesem Moment helle Glockenschläge. Acht mal, zählt Nelly – so spät schon? Überwältigt von der Hoffnung auf trockene Klamotten und eine warme Stube, laufen ihre Beine den Rest der Strecke fast von alleine. Hin zum Ende des Waldstücks und zum Anfang von Weidershausen.

„Und? Hast du sie gefunden?" Der Wirt hinter der Theke sieht von seinem Schreibblock auf und wirft der vermummten Gestalt in der Eingangstür einen fragenden Blick zu.

„Keine Chance. Die Kerzen sind bei dem Sturm trotz Schutzglas sofort wieder ausgegangen." Der hochgewachsene Mann hält eine alte Stalllaterne hoch und deutet auf den erloschenen Wachsstumpf in deren Inneren. „Kannst du nicht noch mal nachsehen, ob du eine richtige Taschenlampe hast?"

Entschuldigend hebt der Wirt die Schultern. „Tut mir leid, Mick. Ich hab ganz sicher nur die Eine, und bei der ist die Birne kaputt. Ich bin bisher nicht dazu gekommen, eine Neue zu besorgen, und mit der Laterne komme ich normalerweise gut klar. Wer rechnet denn mit so einem Unwetter? Dermaßen von der Außenwelt abgeschnitten waren wir das letzte Mal vor über 20 Jahren."

Mick zieht seine Mütze vom Kopf und öffnet den dicken Parka. „Nicht mein Tag heute", murmelt er und fährt sich durch die zerwühlten Haare, die die Vermutung aufkommen lassen, er sei gerade aus dem Bett gestiegen. „Erst haut Jacky ab, dann gibt meine Taschenlampe den Geist auf, und jetzt hast du nicht mehr als diesen vorsintflutlichen Kasten anzubieten."

„Also, entschuldige mal bitte. Das hier ist eine Gaststätte und kein Elektrohandel!" In gespielter Empörung stemmt der Wirt die Hände in seine Seiten. Als er jedoch Micks knurrigen Gesichtsausdruck erblickt, seufzt er. „Okay, okay. Sieht aus, als könntest du ein Gläschen von Freds diesjähriger Schnaps-Kreation vertragen." Einladend schwenkt er eine kleine, nicht etikettierte Flasche zwischen Daumen und Zeigefinger hin und her.

Mit zusammengekniffenen Augen wirft Mick dem langen Flaschenhals einen misstrauischen Blick zu. „Ist das dasselbe Teufelszeug wie letztes Jahr? Allein der Gedanke löst einen Großbrand in meinem Hals aus. Denk bitte dran, dass ich heute offensichtlich dein einziger Gast bin, und den willst du wohl nicht vorzeitig unter die Erde bringen, oder?" Er zeigt auf die leeren Bänke der Gaststube und zieht sich dann geräuschvoll einen der Barhocker heran. „Ach, was soll's: her damit! Schlimmer als Josys Reaktion, wenn ich ohne Jacky zurück auf den Hof komme, kann er nicht sein."

Fred grinst. „Die Kleine deiner Schwester kann einem mächtig Feuer unterm Hintern machen, was?"

„Das kann ich dir sagen! Und jetzt lass mich den Fusel mal probieren, den du dir da zusammengebrannt hast."

„Fusel? Zusammengebrannt? Ein bisschen Respekt vor der Kunst, wenn ich bitten darf! Sonst schick ich dich ohne Stärkung zurück in die Nacht, und du musst deiner Nichte in völlig nüchternem Zustand erklären, wo ihr Lieblingshaustier abgeblieben ist."

Ergeben hebt Mick beide Hände in die Luft. „Mein Respekt ist dir auf Lebenszeit sicher. Also?" Auffordernd rückt er sein leeres Glas ein Stück weiter in Freds Richtung.

„Preiselbeere mit Holunder. Etwa 60 Prozent, denke ich."

„Denkst du? Hast du's schon an jemand anderem ausprobiert, oder bin ich dein erster Testlauf?"

„Du hast die Ehre", antwortet Fred und füllt mit einer übertrieben tiefen Verbeugung zwei Gläser bis zum Rand voll. „Aber als guter, alter Freund leiste ich dir natürlich Gesellschaft bis in den Tod." Er nimmt sich eines der Gläser und hält es feierlich in die Luft. „Worauf trinken wir?"

„Aufs Überleben und eine bessere Zukunft", antwortet Mick ohne Zögern und stürzt die bläulich schimmernde Flüssigkeit in einem Zug hinunter. Ein Schaudern fährt durch seinen Körper und zwingt ihn vom Sitz hoch auf die Beine. Er schüttelt sich wie ein Hund nach einem Bad im See und greift nach seiner Mütze. „Sehr beeindruckend", bringt er heiser hervor.

„Noch einen?", fragt Fred und hält die Flaschenöffnung bereits bedenklich schräg übers leere Glas, als Mick im letzten Moment energisch seine Hand dazwischenschiebt. „Auf keinen Fall! Ich muss los. Schreibst du's an, ja?"

„Der geht aufs Haus. Und grüß deine Schwester von mir", fügt er betont beiläufig hinzu. Mit Mühe verkneift Mick sich jeglichen Kommentar. Jeder im Dorf weiß, dass Fred Jennifers Charme bereits im

Sandkasten erlegen ist und seit ihrer Scheidung wieder neue Hoffnung geschöpft hat. Zu gönnen wäre es den beiden. Fred ist ein netter Kerl, auf den man sich blind verlassen kann, und er würde mit Sicherheit alles in seiner Macht stehende für Jennifer und ihre Tochter tun. Dumm nur, dass seine Schwester mit netten Kerlen wenig anfangen kann und sich lieber auf unzuverlässige Schürzenjäger spezialisiert hat. Daran haben auch diverse unschöne Trennungen und ihre erste Scheidung nichts geändert. Die Psyche der Frauen wird Mick in diesem Leben wohl nicht mehr verstehen. Aber nach dem letzten Reinfall, der für ihn in einer persönlichen wie beruflichen Katastrophe geendet ist, hat er das ohnehin aufgegeben.

„Warte mal!" Fred hält inne und lauscht angestrengt. „Hast du das Bellen gehört? Das ist bestimmt Jacky! Nur ein Stadthund kann so verrückt sein, bei dieser Witterung wegzulaufen."

„Na, dann geh ich mal los. Deine Laterne kriegt eine letzte Chance. Zündest du sie mir an?" Rasch zieht Mick den Reißverschluss seiner Jacke bis zum Hals hoch und öffnet die schwere Holztür. Mit dem flackernden Licht in der Hand macht er sich auf den Weg zurück in den Schnee.

Niemals zuvor ist Nelly so glücklich gewesen, hell erleuchtete Häuser zu sehen. Egal wer dort wohnen mag: Bei dem Erstbesten wird sie klingeln und um Hilfe bitten, selbst wenn der Besitzer sich als eineiiger Zwilling des schmierigen Zugführers entpuppen sollte. Die Straße, die in den Ort hineinführt, ist menschenleer. Das ist niemandem zu verdenken – ohne Not würde Nelly sich hier draußen auch nicht durch den Sturm schlagen. Die Fenster des ersten Hauses sind dunkel und die Lämpchen der Tannengirlanden an den Fensterläden ausgeschaltet. Dafür hört sie plötzlich ein leises Winseln und entdeckt bei genauerem Hinsehen ein zusammengekauertes, weißes Häufchen in der Ecke der Eingangstür. Als sie näher herankommt, springt es auf und schüttelt sich, dass der Schnee nur so fliegt. Schwarzes, struppiges Fell kommt zum Vorschein, und die dunklen Knopfaugen sehen flehend zu ihr auf. Mit rot gefrorener Hand und letzter Kraft klopft Nelly gegen ihre Hose. Der Hund versteht den Hinweis sofort und schiebt sich mit hochgestrecktem Kopf durch den Schneeberg, verzweifelt darum bemüht, nicht komplett darin zu versinken. Endlich bei ihr angekommen, lehnt er sich erschöpft gegen Nellys Bein. Sie geht in die Knie, vergräbt ihre Finger in seinem nassen Fell und krault ihm sanft über den Rücken. „Ich weiß genau, wie du dich fühlst, du Armer", murmelt sie. „Sieht so aus, als wären wir Leidensgenossen."

Während die beiden zitternd im Schnee hocken, taucht ein paar Meter weiter plötzlich das schwache Licht einer Laterne auf. Mit einem Schlag kommt Leben in das eben noch apathische Tier. Laut bellend springt es auf die sich nähernde Gestalt zu, als hätte es nie etwas Schöneres in seinem Leben gesehen. Der Mann geht auf Augenhöhe mit dem Hund und tätschelt ihm liebevoll die Flanke. Dann erst bemerkt er die Umrisse einer weiteren Person im Schnee. Er baut sich wieder zu voller Größe auf und nähert sich Nelly langsam. Der Schein seiner Laterne stoppt kurz vor ihrer Nase, und seiner Miene nach zu urteilen muss sie ein mehr als jämmerliches Bild abgeben.

5

Samstag, 20. Dezember – am Abend

„Was ist denn mit Ihnen passiert?", fragt eine tiefe Stimme dicht an ihrem Ohr.

Bevor Nelly antworten kann, nimmt der Fremde ihr die Tasche ab und umschließt mit festem Griff ihren Oberarm.

„Kommen Sie mit!" Zielsicher führt er sie vor ein altes Riegelhaus und schiebt sie die Treppen hinauf, ins warme Innere. Ein blonder Mann steht hinter der massiven Holztheke und blickt ihnen entgegen. Mit leicht hektischem Gesichtsausdruck verlässt er den Raum, um Sekunden später mit dem Arm voller Decken wiederzukommen. Nellys Beine zittern. Schnell lässt sie sich auf eine der Bänke sinken, bevor sie Gefahr läuft, das zweite Mal an diesem Tag einem attraktiven Mann vor die Füße zu fallen.

Müde reibt Nelly sich über die vor Schmerz pochenden Schläfen, die ohne Vorwarnung über sie herfallen wie Bienen über einen Honigtopf. Stöhnend hebt sie den Kopf und hält inne. Warum starren die zwei Kerle sie an, als sei sie die Reinkarnation eines frisch geschlüpften Aliens? Der Laternenmann hat sich zwischenzeitlich seiner Jacke entledigt und sie achtlos über die nächste Stuhllehne geworfen. Nun zupft er an Nellys Mantel herum und zeigt hinunter auf ihre Schuhe. Er sagt etwas, das den dichten Nebel in ihrem Kopf aber nicht durchdringt.

„Hallo? Können Sie mich hören?" Eine große Hand wedelt vor ihren Augen hin und her.

„Ja. Ja, ich kann Sie gut hören", stammelt Nelly schließlich und versucht verzweifelt, ihre unkontrolliert schlotternden Gliedmaßen unter Kontrolle zu bekommen.

„Sie müssen sofort aus den nassen Klamotten raus! Fred, hast du irgendwas, das wir ihr geben können?", sagt er an den Wirt gewandt.

„Bestimmt! Bin sofort wieder da", antwortet dieser und läuft eilig die Treppen in die obere Etage hinauf.

Langsam geht der zweite Fremde vor Nelly in die Hocke. „Haben Sie keine Angst, das kriegen wir schon wieder hin. Ich helfe Ihnen erst mal aus den Schuhen und dem Mantel. Den Rest machen Sie gleich besser selbst, wenn Fred mit den Wechselsachen kommt." Behutsam zieht er Nelly die völlig durchweichten Wildlederstiefel mitsamt Socken von den Füßen und wirft einen prüfenden Blick auf ihre Zehen, bevor er sie in eine der Wolldecken wickelt. „Sie haben verdammtes Glück gehabt. Keine Erfrierungen." Lächelnd sieht er zu ihr auf.

Wie ein hypnotisiertes Kaninchen vor der Schlange sitzt Nelly da und hat keine Ahnung, was sie sagen soll. Ihr Sprachzentrum ist wie ausgeknipst und verweigert komplett den Dienst. Ein schwacher Duft weht zu ihr herüber, der die Lage eher schlimmer statt besser macht. Etwas Vergleichbares hat sie nie zuvor gerochen – und ihr ist schon einiges unter die

Nase gekommen, sei es von Patienten oder von deren Angehörigen. Unfassbar, in welche Parfümwolken gehüllt manche Leute das Krankenhaus besuchen, und es ist wirklich jede Nuance dabei gewesen: von angenehm bis absolut unerträglich. Aber mit diesem dezent-herben Eigengeruch kann kein Parfüm der Welt mithalten. Mit einem Schlag fühlt Nelly sich so unsicher wie ein pubertierender Teenager vor der Bühne seiner Lieblingsband. Vorsichtig schält der Mann sie aus dem klammen Mantel, legt ihr eine weitere Decke um die Schultern und schiebt sie ein Stück weiter in Richtung Heizung. Wortlos lässt Nelly ihn gewähren.

„So. Und jetzt gibt's eins von unseren alten Hausmitteln. Das killt nicht nur Viren und Bakterien, sondern macht auch der hartnäckigsten Unterkühlung den Garaus. Wirkt wahre Wunder – Sie werden sehen!"

Verstohlen beobachtet Nelly, wie er hinter der Theke verschwindet und die Zutaten für das Wundermittel zusammensucht. Genau so stellt sich ein Stadtkind einen richtigen Naturburschen vor. Unter der Mütze, die er in der Eile vergessen hat auszuziehen, gucken einige Strähnen seines leicht gewellten, braunen Haares hervor, und den unteren Teil des Gesichts bedeckt ein Bart, der wohl eher zehn als drei Tage alt ist. Durch den dicken grauen Wollpullover sind seine Körperkonturen zwar nur zu erahnen, aber das hindert Nellys Pulsschlag nicht daran, merklich an Fahrt aufzunehmen. Auch wenn sie sich wie eine nasse Katze fühlt und ihr die Müdigkeit zurück in die Knochen kriecht, die sie schon während der S-Bahn-Fahrt in die Knie gezwungen hat, kann sie sich in diesem Moment keinen Ort vorstellen, an dem sie lieber wäre. Kurz zuvor, draußen im Schnee, hätte sie es für wahrscheinlicher gehalten, dass das Christkind persönlich vom Himmel schwebt und sie mit in die Ewigkeit nimmt.

„Ich bin übrigens Mick. Mick Brandler. Und von mir aus können wir gern zum 'du' übergehen. Alles andere klingt in unserer Situation albern, oder? Mein Freund hier heißt Fred – eigentlich Frederick, aber das hört er nicht so gern", unterbricht Mick ihre Überlegung.

Nelly räuspert sich und verdrängt damit das leichte Kratzen in ihrem Hals. „Ich heiße Janelle Morgan. Aber alle nennen mich Nelly." Ihre Stimme klingt seltsam fremd, als gehöre sie jemand anderem. „Vielen Dank für die Hilfe. Keine Ahnung, wie lange ich in der Kälte noch durchgehalten hätte."

Mick winkt ab. „Das war doch selbstverständlich! Außerdem muss ich dir mindestens ebenso danken: Schließlich hast du Jacky wiedergefunden", sagt er und deutet auf die herzhaft gähnende Hundedame zu seinen Füßen. „Meine Nichte wird dich vor lauter Dankbarkeit nie wieder gehen lassen wollen, fürchte ich. Sie neigt manchmal zu leichten Übertreibungen, weißt du?" Bei dem Gedanken daran, muss er unwillkürlich lächeln. „Aber du wirst Josy ja gleich persönlich kennenlernen, dann verstehst du, was ich meine. Wenn du dich umgezogen hast, nehme ich dich mit auf unseren Hof. Heute Nacht geht hier verkehrstechnisch gar nichts mehr. Wir sind von den Nachbardörfern völlig abgeschnitten. Morgen sehen wir dann weiter, okay?" Er füllt eine dunkle Flüssigkeit in eine Tasse und rührt den Inhalt gründlich durch. Dann drückt er Nelly den Becher mit dem dampfenden Gebräu in die Hände und setzt sich ihr gegenüber auf die Bank. „Trink, solange es heiß ist. Dann wirkt es am besten", fordert er sie auf.

Mit spitzen Lippen nimmt sie einen vorsichtigen Schluck und augenblicklich durchströmt eine wohltuende Wärme ihren ganzen Körper. Es fühlt sich an, als flösse jeder einzelne Tropfen umgehend an genau die Stelle, die es am dringendsten benötigt.

Mit einem Stapel frischer Kleidung kommt Fred die Treppe hinunter. „Sorry, dass es so lange gedauert hat", sagt er und legt alles auf dem Tisch ab. „Es ist nicht so einfach gewesen, etwas zu finden, das nicht zehn, sondern nur vier bis fünf Nummern zu groß ist. Such dir was aus." Notdürftig entwirrt er den unübersichtlichen Haufen und rückt die einzelnen Teile auseinander, damit Nelly sie besser erkennen kann. „Hier ist ein Handtuch und eine Tüte für die nassen Sachen. Auf der Toilette würde ich mich allerdings nicht umziehen, da ist es klirrend kalt. Ich hab vorhin gelüftet und die Heizung danach nicht mehr angestellt, weil ich den Laden für heute zumachen wollte. Bei dem Wetter verirrt sich sowieso niemand mehr hierher. Geh am besten dahinten in den Nebenraum." Mit dem Daumen weist er auf einen dunkelgrünen, dicken Vorhang neben der Theke, der wohl eine Art Türersatz darstellen soll.

Dankbar klemmt Nelly sich die trockenen Klamotten und ihre rote Tasche unter den Arm. Vielleicht gibt es nebenan einen Spiegel. Grundsätzlich ist es ihr wichtig, ordentlich auszusehen. Natürlich ist ihr durchaus bewusst, dass sie die Messlatte in der momentanen Lage nicht besonders hochhängen kann. Trotzdem verspürt sie den starken Wunsch, wenigstens nicht wie eine Vogelscheuche auszusehen, wenn sie in die Wirtsstube zurückkehrt. Suchend sieht Nelly sich in der kleinen Kammer um. Die Beleuchtung ist schummerig und links und rechts an den Wänden stehen alte Holzregale mit Vorräten sowie massenweise Pappkartons. Daneben stapeln sich Getränkekisten fast bis zur Decke. Einen Spiegel gibt es nicht, aber zur Not tut es auch der kleine in ihrer Puderdose. Bevor sie sich zum guten Schluss den Tod holt, schält sie sich zügig aus den Klamotten.

„Brauchst du noch was?", dringt Micks gedämpfte Stimme durch den Vorhang.

„Nein, danke. Alles gut", ruft Nelly zurück.

„Was hat dich überhaupt bei diesem Wetter in unser verschlafenes Nest getrieben? Du kommst nicht aus der Gegend, oder?"

„Stimmt. Ich wohne zurzeit in Köln und bin eigentlich auf dem Weg zu meiner Freundin gewesen. Am Dienstag habe ich dann ein Vorstellungsgespräch im Uniklinikum in Freiburg." Nelly legt die nasse Kleidung auf einer der Kisten ab und kramt in ihrer Tasche nach den Sachen, die sie auf dem Bahnsteig aus dem Koffer geholt hat. Wo ist die Unterwäsche? Stöhnend lässt sie die Hände sinken. So ein Mist – sie hat die Unterwäsche vergessen! Und jetzt? Nach kurzer Überlegung stülpt sie ihr Langarmshirt über den Kopf, das sich sofort perfekt an ihre Rundungen schmiegt. Dann muss es eben mal ohne BH und Slip gehen, schließlich kann sie Fred schlecht um eine Unterhose bitten. Doch als Nelly an sich hinuntersieht, stellt sie entsetzt fest, dass ihre Brustwarzen sich deutlich unter dem dünnen Stoff abzeichnen. In diesem halbnackten Zustand kann sie sich unmöglich unter die Leute trauen. Aber mit Freds dickmaschigem Pullover darüber wird es wohl gehen – auch wenn ihr dieser fast bis zu den Knien reicht. Mit einem breiten Gürtel könnte er glatt zu einem Strickkleid umfunktioniert werden, aber so hat es mehr Ähnlichkeit mit einem ausgeleierten Kartoffelsack. Die schlabberige Stoffhose macht das Ganze nicht unbedingt ansehnlicher. Wenigstens hat sie ihre eigenen Socken mitgenommen. Mit der zierlichen Schuhgröße 37 hätten ihre Füße sich in den riesigen Männersocken wohl hoffnungslos verlaufen.

Nelly schaut hinüber zum Vorhang. Mick hat nicht

mehr geantwortet, ob er überhaupt noch da ist? Gerade als sie sich dem Spiegel in ihrer Puderdose zuwenden will, kommt die erhoffte Nachfrage: „Als was bewirbst du dich im Klinikum?"

Irritiert hält Nelly inne. Alle Natürlichkeit ist aus Micks Stimme gewichen, und er klingt plötzlich seltsam gekünstelt. Sie wickelt sich einen Zipfel des Handtuchs um den Finger und überlegt kurz, was sie antworten soll. Sie entscheidet sich für die Wahrheit. Warum auch nicht – schließlich hat sie nichts zu verbergen und muss sich für ihren Beruf wirklich nicht schämen.

„Als Assistenzärztin. Ich bin in der Facharztweiterbildung." Angespannt wartet sie auf seine Reaktion – doch es kommt nichts. Warum verhält er sich plötzlich so seltsam? Nelly lässt ihr Gespräch gedanklich noch einmal Revue passieren und muss ratlos feststellen, dass sie sich keiner Schuld bewusst ist. Hastig schüttelt sie ihr Haar aus, das sich durch die Feuchtigkeit mittlerweile in kringelige Korkenzieherlocken verwandelt hat. Mit leicht flauem Gefühl im Magen kehrt sie in die Wirtsstube zurück. Ein Blick auf Mick bestätigt ihre Befürchtung, dass sich etwas verändert hat. Das warme Lächeln ist verschwunden, und er hebt nicht einmal den Kopf, als sie den Raum betritt, sondern starrt angestrengt auf die Tischplatte.

„Die Sachen sind viel zu groß. Aber ich denke, bis zu deinem Hof wird es gehen", versucht sie die Unterhaltung wieder in Gang zu bringen.

Micks volle Lippen pressen sich zu einem schmalen Strich zusammen.

„Also ich muss sagen, dir stehen die Sachen wesentlich besser als mir", wirft Fred ein, offensichtlich darum bemüht, die Situation aufzulockern. „Im Keller stehen ein paar Gummistiefel von meiner Schwester, die kannst du haben. Ich hol sie schnell hoch."

„Warte mal, Fred", schaltet Mick sich wieder in das Gespräch ein. „Hast du oben nicht ein leerstehendes Zimmer? Vielleicht sollte sie besser hier bleiben. Unser Gästezimmer ist voll mit Jennys Möbeln – eigentlich haben wir gar keinen Platz, dort jemanden unterzubringen. Außerdem müsste sie dann nicht mehr in die Kälte raus."

Ein dicker Klos bildet sich in Nellys Hals und schnürt ihr beinahe die Luft ab. Eben hat er sich so fürsorglich um sie gekümmert, und jetzt will er sie wie ein ausgedientes Stofftier an den Nächsten weiterreichen?

„Wieso hat Jen denn Möbel bei euch stehen? Sie wohnt seit Ewigkeiten nicht mehr dort", fragt Fred verwundert, verstummt aber sofort, als er den warnenden Blick seines Freundes auffängt. Er seufzt. „Mick, mein Vater ist gestern angekommen und bleibt über die Weihnachtstage bei mir. Hier geht es wirklich nicht. Ihr habt einen riesigen Hof, da wird sich wohl ein Plätzchen finden."

Von Satz zu Satz sinkt Nellys Mut weiter wie ein toter Fisch in den tiefen, rabenschwarzen Ozean. Die

Worte rauschen wie in Trance an ihr vorbei und beschwören akute Fluchtgedanken herauf. Sie will nur noch eines: raus. Raus aus dieser unerträglichen Situation.

„Gibt es hier ein Hotel?", fährt sie mit vorgestrecktem Kinn dazwischen. „Dann gehe ich dahin und entscheide morgen früh, wie es weitergeht. Schließlich möchte ich niemandem zur Last fallen!"

Die Männer sehen sich schweigend an. Wenn Nelly es nicht besser wüsste, könnte sie schwören, dass die beiden ihre Diskussion per Telepathie weiterführen.

„Wir haben kein Hotel im Ort", erwidert Mick. „Du kannst mit zu mir kommen."

Wirklich sehr großzügig! Betreten sieht Nelly zu Boden. Gerade hat der Gedanken daran, die Nacht auf Micks Hof zu verbringen, ihr Herz vor Aufregung heftig zum Klopfen gebracht, doch nun kann sie dieser Aussicht nichts Gutes mehr abgewinnen. Das Gefühl, ein Klotz an seinem Bein zu sein, ist übermächtig. Nicht, dass sie Mick plötzlich nicht mehr attraktiv findet – ganz im Gegenteil. Sie kommt sich vor wie ein hilfloser kleiner Magnet, Auge in Auge mit einem ganzen LKW voller Eisen- und Stahlplatten. Keine Chance, sich der Anziehungskraft zu widersetzen. Der Gedanke, ihm lästig zu sein, tut nicht nur weh, er nagt auch empfindlich an ihrem Selbstbewusstsein. Zumal sie sich nicht einmal ansatzweise erklären kann, wie es zu diesem abrupten Sinneswandel überhaupt gekommen ist.

Für einen kurzen Moment hat Mick tatsächlich geglaubt, das Schicksal hätte beschlossen, ihn nicht weiter zu schikanieren, und ihm stattdessen einen Engel in den Schnee gesetzt. Zur richtigen Zeit, an den richtigen Ort. Ein einziger Blick in diese bernsteinfarbenen Augen, die so unschuldig und sehnsüchtig zu ihm aufgesehen haben, hat genügt, um ihn völlig aus der Bahn zu werfen. Und dann sagt sie, sie sei Ärztin! Ausgerechnet eine Ärztin! Wenn es dort oben tatsächlich eine höhere Macht geben sollte, scheint sie eine sehr seltsame Art von Humor zu haben. Wer bitteschön, macht denn so etwas? Wer hält einem Ertrinkenden das rettende Ruder hin, um es im nächsten Augenblick wieder wegzuziehen. Wer lässt alle aufkeimenden Hoffnungen mit einem Fingerschnipp wieder in sich zusammenfallen? Da steht sie vor ihm: in Freds übergroßem Wollpullover, mit roten Plüschsocken an den Füßen und einer Ausstrahlung, die sein Blut zum Kochen bringt.

Mit einem Satz springt Mick auf, sodass sein Stuhl gefährlich ins Wanken gerät – als ob er dadurch jegliches Gefühl abschütteln könnte. „Lass uns gehen", sagt er mit rauer Stimme und greift nach seinem Parka. Aus den Augenwinkeln beobachtet er, wie Nelly in die Gummistiefel schlüpft, die Fred ihr in der Zwischenzeit gebracht hat. Obwohl die Stiefel einer Frau gehören, sind sie für Nelly immer noch mindestens drei Nummern zu groß. Ungelenk, aber mit hoch erhobenem Kopf watschelt sie damit zum Ausgang.

„Moment! Nimm meine Jacke mit", ruft Fred und drückt ihr eine quietschgelbe Daunenjacke in den Arm. „Mick kann sie mir morgen wieder vorbeibringen. Heute kriegt mich ohnehin keiner mehr vor die Tür."

Damit ist die modische Todsünde endgültig perfekt! Trotzdem ist Mick ist sich absolut sicher, dass diese Frau selbst in einem Müllsack kein Stück von ihrer Faszination verlieren würde. Diese wandelnde Versuchung auf Abstand zu halten, dürfte in etwa so schwierig werden wie die Bemühung, unter Wasser eine Kerze anzuzünden. Aber eins ist sicher: Eine Ärztin kommt gar nicht mehr in Frage – spätestens morgen früh muss sie aus seinem Leben verschwinden.

6

Samstag, 20. Dezember – am Abend

Nelly öffnet die schwere Tür und hat das Ende der ersten Treppenstufe gerade erreicht, als ihr eine kräftige Böe entgegenschlägt und sie rückwärts zurück in die Wirtsstube befördert. Energisch zerrt sie sich die übergroße Kapuze von Freds Jacke über den Kopf und startet einen zweiten Versuch, gegen den Wind anzukommen. So graziös wie möglich stapft sie hinaus in den Schnee, was sich allerdings als schwierig herausstellt, denn die Gummistiefel bleiben alle paar Schritte stecken und rutschen ihr fast von den Füßen.

Die Tasche! In der Eile hat sie glatt ihre Tasche vergessen, mit den letzten vertrauten Gegenständen, die ihr in der Fremde geblieben sind. Sie dreht sich herum und sieht, dass Mick die Gaststätte ebenfalls verlassen hat und bereits auf dem Weg zu ihr ist: mit der roten Ledertasche in der einen, und der Tüte mit ihren nassen Sachen in der anderen Hand. An seiner Seite kämpft Jacky sich durch die weiße Masse, die ihr mittlerweile bis zur Brust reicht. Mit aller Kraft schiebt sich die Mischlingsdame vorwärts und weicht Mick keinen Zentimeter von der Seite. Schnaubend vergräbt Nelly ihre Hände ein Stück tiefer in den Jackentaschen. Soll er ihr Gepäck doch schleppen, mittlerweile ist ihr ohnehin alles egal. Unbegreiflich wie ein Mensch solchen Stimmungsschwankungen unterliegen kann. Vom strahlenden

Ritter zum muffeligen Bauern in weniger als einer Minute – das muss erst mal jemand toppen.

Nelly hält inne. Hat Mick sie gerufen? Der tosende Wind trägt jede Silbe umgehend mit sich fort, auf Nimmerwiedersehen hoch hinauf in den Himmel. Sie erkennt Micks wild gestikulierende Gestalt an der Straßenecke, und für einen kurzen Augenblick raubt seine imposante Silhouette ihr den Atem. Auch ohne seine Worte zu verstehen, ahnt Nelly, dass sie den falschen Weg eingeschlagen hat. Vielleicht sollte sie besser ihm die Führung zum Hof überlassen, denn orientierungslos herumgeirrt ist sie für heute definitiv genug. Der Schnee peitscht ihr unbarmherzig ins Gesicht und hinterlässt rote Stellen auf der Haut. Was für ein Wetter! Da hätte das Schicksal sie genauso gut direkt am Nordpol aussetzen können. Missmutig macht sie kehrt und geht zu dem weihnachtlich beleuchteten Haus, vor dem Mick und Jacky auf sie warten. Wortlos laufen sie nebeneinander her. Das Schweigen ist unangenehm, aber Nelly hat weder die Nerven, noch die Kraft dazu, sich den Kopf darüber zu zerbrechen, über was sie sich unterhalten könnten. Was sie auch sagen würde, es würde gezwungen klingen. Außerdem gewinnt die Kälte allmählich wieder die Oberhand und frisst sich gnadenlos Schicht für Schicht zu ihr hindurch. Die ungefütterten Gummistiefel halten zwar die Feuchtigkeit ab, aber gegen den Frost können sie nicht viel ausrichten.

„Ist es noch weit?", ruft Nelly gegen das Getöse an.

„Nein, wir sind gleich da. Siehst du das Haus dort hinten auf der rechten Seite?"

Mit leichtem Abstand zu den restlichen Gebäuden der Straße, ragt ein langgezogenes Fachwerkhaus in die Höhe. Als sie näherkommen, stellt Nelly fest, dass es von zwei mit Sandstein umrahmten Rundbogentoren unterbrochen wird, die mitten durch das Gebäude führen. Vermutlich ist das größere der beiden Tore die Durchfahrt zum Innenhof. Hinter dem kleineren verbirgt sich eine steinerne Treppe, die ins Hochparterre führt und vor einer Massivholztür endet. An jeder der zahlreichen Fensterscheiben funkeln klitzekleine warm-weiße Lichter, die an tanzende Glühwürmchen erinnern und in einigen windgeschützen Vorsprüngen sind Laternen mit flackernden Wachskerzen angebracht. Auch die Tannen- und Stechpalmenzweige mit ihren roten Beeren müssen sorgfältig befestigt worden sein, da bisher nichts von dieser herrlichen Dekoration heruntergefallen ist. Was für ein Gegensatz zu all dem Prunk und Überfluss der Großstadt. Keine schrill blinkenden Lichterketten und debil grinsenden Weihnachtsmänner, keine Endlosschleifen von kitschiger, völlig entfremdeter Weihnachtsmusik.

Bezaubert von dieser schlichten Eleganz legt Nelly ihren Kopf in den Nacken und schaut nach oben bis zu den Dachgauben. Über diesen imposanten Anblick vergisst sie sogar für einen Moment ihre missliche Lage. Die Lichter spiegeln sich in ihren Augen wieder und nehmen ihre Gedanken mit in eine andere, in eine wunderbar friedliche Welt. Die Zeit steht still – so könnte es für immer bleiben.

Plötzlich spürt sie Micks festen Händedruck auf ihrer Schulter. „Komm, lass uns reingehen. Hier draußen ist es nicht besonders gemütlich", sagt er und schiebt sie mit behutsamer Bestimmtheit zu den Treppen.

Jacky sitzt bereits winselnd auf der obersten Stufe und schaut erwartungsvoll zu ihnen hinunter. Der schwere Messingring schlägt gegen das Holz und keine zwei Sekunden später fliegt die Tür auf. Ein junges Mädchen – vielleicht zehn Jahre alt – stolpert ihnen auf Socken entgegen. Das muss Micks Nichte Josy sein. Mit offenem Mund starrt das Mädchen die beiden vermummten Gestalten an, doch kaum hat sie Jacky entdeckt, lösen Mick und Nelly sich in ihrer Wahrnehmung quasi in Luft auf.

„Jacky!", kreischt Josefine in einer Tonlage, die definitiv Gläser zerspringen lassen könnte. Mit einem Plumps fällt sie auf die Knie, umschließt die Hündin mit beiden Armen und vergräbt ihr Gesicht in dem nassen, dampfenden Fell. Dankbar schleckt Jacky über ihre gerötete Wange und versucht, sich zwischen ihr und dem Türrahmen hindurch in den Innenraum zu drängen. Energisch packt Josefine das Halsband und zieht sie zurück nach draußen. „Schütteln!", befiehlt sie und fuchtelt mit ihrem Zeigefinger in der Luft herum, als handele es sich dabei um einen Zauberstab. Ein bisschen fühlt Nelly sich an Oberfeldwebel Hartung aus der Bundeswehrkaserne erinnert, in der sie im letzten Jahr vorübergehend den medizinischen Dienst übernommen hatte. Bevor irgendjemand die Chance hat, in Deckung zu gehen, gehorcht Jacky aufs Wort und verteilt das in ihrem Fell angesammelte Wasser in alle Himmelsrichtungen.

„Josy!", ruft Mick und schüttelt sich ebenfalls. „Muss das denn sein?"

Ungerührt zuckt diese mit den Schultern. „Na, besser ihr kriegt es ab als Granny drinnen in der Stube, oder? Das würde ich nämlich nicht miterleben wollen." Der leicht kiebige Ausdruck auf ihrem Gesicht verwandelt sich im Bruchteil einer Sekunde in ein zuckersüßes Lächeln, und ihre Arme schlingen sich stürmisch um Micks Bauch – solch einen beachtlichen Stimmungssalto bekommen wirklich nur Mädchen in diesem Alter hin. Mit aller Kraft drückt sie ihn an sich und blickt dabei mit kugelrunden Augen und klimpernden Wimpern zu ihm auf. „Danke, danke, danke, dass du sie wiedergefunden hast! Du bist der allerbeste und allertollste Onkel der Welt!"

Lachend befreit Mick sich aus ihrer Umklammerung und deutet auf Nelly. „Eigentlich habe nicht ich Jacky gefunden: Das ist Nelly Morgan – bei ihr kannst du deinen überschwenglichen Dank loswerden. Sie ist mit Jacky an Freds Kneipe vorbeigekommen, als ich mich gerade wieder auf die Suche nach ihr machen wollte." Er schiebt Josefine beiseite und strubbelt ihr gutmütig durch das kurze Haar. „So! Und jetzt gehen wir besser rein. Langsam wird es selbst mir hier draußen zu kalt, und das will was heißen."

Zur Bestätigung pfeift der Wind in diesem Moment mit Wucht um die Ecke und rüttelt rücksichtslos an allem, was sich ihm in den Weg stellt. Kommentarlos lässt Nelly sich von Mick in den Flur dirigieren. Sie ist nicht mehr in der Lage, sich gegen irgendetwas zu wehren. Die Erschöpfung ist übermächtig, und es hätte nicht viel gefehlt, dann wäre sie auf dem Treppenabsatz im Stehen eingeschlafen.

„Du bist bei diesem Wetter ganz allein durch den Schnee gelaufen?", hakt Josefine ungläubig nach. Sie starrt Nelly an, als wäre sie geradewegs aus einem Ufo spaziert. „Wieso machst du denn so was? Mich würden heute Nacht keine tausend Pferde da raus kriegen!"

„Sicher meinst du zehn Pferde", korrigiert Mick seine Nichte. „Musst du denn immer so übertreiben?"

„Tausend oder zehn, ist doch total egal." Herausfordernd funkelt Josefine ihren Onkel an. „Das ändert nichts dran, dass sie allein da draußen war und ich wissen will, warum. Mach dich mal locker!"

Gerade als Nelly zu einer Antwort ansetzen will, kommt eine grauhaarige Frau den Flur entlang geeilt.

„Um Himmels Willen, wo kommen Sie denn her, Kindchen?", ruft sie sichtlich um Fassung ringend und faltet die Hände erschrocken vor ihrem Mund zusammen. Vorwurfsvoll blickt sie zu Mick auf, der mindestens zwei Köpfe größer ist als sie selbst und versetzt ihm einen gezielten Knuff in die Rippen. „Was stehst du da herum, Junge? Wirst du dem Mädchen wohl aus der Jacke helfen! Wo sind deine Manieren geblieben?" Sofort greift Mick nach Nellys Jacke. Während er sie aus dem gelben Ungetüm schält und es anschließend an den oberen Haken der Garderobe hängt, beobachtet Nelly jede seiner Bewegungen. Seine Körperhaltung wirkt angespannt und Nelly spürt, dass zwischen ihnen irgendetwas vor sich geht.

„Und du setzt uns bitte einen Topf Milch auf, Josefine", fährt die Bäuerin mit einer Bestimmtheit in der Stimme fort, die keinen Widerspruch duldet. „Lasst unseren Gast erst einmal ankommen. Sie kann uns später erzählen, wie sie zu uns gefunden hat." Behutsam nimmt sie Nellys Hände in ihre eigenen und blickt ihr forschend in die Augen. „Sie sehen müde und durchgefroren aus, Liebes. Da hilft ein warmes Getränk, kommen Sie mit."

„Vielen Dank", murmelt Nelly. „Es tut mir leid, dass ich Ihnen solche Umstände mache, Frau ..."

„Nennen Sie mich einfach Maria", antwortet die Landwirtin und winkt lächelnd ab. „Sie machen keine Umstände! Besuch ist bei uns immer willkommen.

Ich habe gerne viele nette Menschen um mich herum, wissen Sie?"

Mittlerweile sind sie an der Tür angekommen, die zu den Wohnräumen führt. Mit Schwung stößt Maria sie auf, und eine große offene Wohnküche tut sich vor Nelly auf, die in diesem historischen Gebäude ganz sicher niemand erwarten würde. Der Raum ist nicht mehr in seinem Ursprungszustand, sondern aufwendig saniert worden – seinem mittelalterlichen Charme hat das jedoch keinen Abbruch getan. Ein weißer Emaille-Gasherd mit Schubladen und Klappen wie aus Omas Zeiten sticht zwischen zwei Bauernschränken aus der Küchenzeile hervor. An den Haken über dem Herd baumeln Kochlöffel, Suppenkellen und andere Küchenutensilien, und in einem breiten Regal stehen ordentlich übereinandergestapelt gusseiserne Pfannen sowie Messing- und Römertöpfe. Dunkelbraune Dachsparren spannen sich über die Decke und bilden einen faszinierenden Kontrast zu den weiß getünchten Wänden. Maria kniet vor dem prasselnden Kamin nieder, nimmt ein dickes Holzscheit aus dem Korb und schiebt es mit einem Schürhaken zu den anderen in die züngelnden Flammen. Die massiven Holzdielen knarren leicht unter Nellys Füßen. Sie verströmen eine behagliche Gemütlichkeit, wie sie sie zuletzt als Kind empfunden hat, als ihre Familie noch beisammen war.

Josefine legt einen Deckel auf den Milchtopf und dreht sich zu den anderen herum. Als sie Mick und

Nelly nebeneinander im Türrahmen stehen sieht, leuchten ihre Augen auf. „Ihr steht unter dem Mistelzweig!", ruft sie mit einem triumphierenden Grinsen auf den Lippen. „Das heißt, ihr müsst euch küssen."

Nellys Blick hätte nicht entsetzter ausfallen können, wenn ihr jemand erzählt hätte, dass die Welt kurz vor einer unheilbaren Pandemie stünde, und auch Micks Haltung macht nicht gerade einen tiefenentspannten Eindruck. Trotzdem richtet er seine ganze Aufmerksamkeit plötzlich auf sie, und für einen kurzen Moment glaubt Nelly tatsächlich, er würde sich gleich zu ihr hinunterbeugen.

„Weißt du nicht, dass Misteln giftig sind, Josefine?", fragt er seine Nichte stattdessen und lässt die Anspannung damit entweichen wie Luft aus einem Ballon. „Diese Tatsache sagt wohl alles über diesen unsinnigen Brauch aus, oder meinst du nicht?"

Missbilligend betrachtet Maria ihren ältesten Sohn. „Was ist heute los mit dir, mein Junge? Du wirkst gereizt. Sei so gut und bereite das Gästezimmer vor, ja? Die Laken liegen im linken Schrank, zweites Fach von oben." Ein Strähne von Marias silbrigem Haar löst sich aus dem strengen Dutt. Mit einem sicheren Handgriff steckt sie es zurück in eine der Klammern und rückt Nelly dann einen Stuhl am langen Esstisch zurecht. Es gibt Sitzplätze für über zehn Personen – offensichtlich ist sie bei einer richtigen Großfamilie untergekommen. Vorsichtig stellt Maria eine randvolle Tasse heißen Kakao auf den Tisch und sieht ihren Sohn auffordernd an, der immer noch bewegungslos dasteht.

„Sie müssen die Möbel ihrer Tochter wegen mir nicht extra beiseite räumen", wirft Nelly hastig ein. „Eine kleine Ecke mit einem Bett reicht vollkommen aus. Ich möchte wirklich keine große Mühe machen." Marias Augenbrauen wandern sichtlich überrascht hoch in Richtung Haaransatz. „Wie kommen Sie darauf, dass dort Möbel meiner Tochter stehen, Liebes? Das Gästezimmer in unserem Haus ist immer hergerichtet, nur das Bett muss noch bezogen werden."

Nelly spürt Micks Blick wie einen Nadelstich auf ihrer Haut und zwingt sich dazu, ihn nicht anzusehen. Hat sie es doch gewusst! Die Möbel sind nur eine billige Ausrede gewesen, um sie nicht mit auf den Hof nehmen zu müssen. Wie hat sie sich vom ersten Eindruck nur so täuschen lassen können? Krampfhaft starrt sie die dampfende Porzellantasse an, bis die Tür hinter ihr ins Schloss fällt. Dankbar für die Auszeit atmet Nelly auf. Kein Mann hat sie jemals dermaßen durcheinandergebracht und eine solche Gefühlsachterbahn in ihr ausgelöst wie dieser taktlose Dorfbauer.

7

Samstag, 20. Dezember – am späten Abend

Das muss ein schlechter Scherz sein! Leise fluchend stapft Mick die Treppen zum Gästezimmer hinauf. Das ist ja schön nach hinten losgegangen. Dass er auf frischer Tat beim Lügen ertappt worden ist, ist dabei gar nicht mal das Schlimmste. Aber Nellys enttäuschter Blick und dieses verletzte Schimmern in ihren Augen wird ihn wohl bis in seine tiefsten Alpträume verfolgen. Dabei gehen ihm eigentlich ganz andere Dinge durch den Kopf, seit er dieser Frau begegnet ist. Dinge, die von einem Alptraum in etwa so weit entfernt sind wie die Antarktis vom Nordpolarmeer. Ungehalten reißt er die Schranktüren auf und zieht eine Garnitur frischer Bettwäsche aus dem Regal. Was ist bloß in ihn gefahren? Wie ein Neandertaler führt er sich auf! Dabei ist er ein erwachsener Mann mit genug Lebenserfahrung, um ganz genau zu wissen, was er will – vor allem, was er nicht mehr will. Und das ist eine weitere Beziehung zu einer Ärztin, die nichts als ihre Karriere im Kopf hat. Egoismus scheint für Frauen in diesem Berufszweig offenbar eine unverzichtbare Charaktereigenschaft zu sein. Auf einen weiteren Versuch, mit jemandem aus dieser Branche eine Beziehung aufzubauen, kann er wirklich verzichten. Der Gedanke an eine kurzweilige Affäre blitzt in ihm auf. Unwillig zerrt Mick das Laken auseinander. Nein, dafür ist

Nelly überhaupt nicht der Typ. Auch wenn er sich absolut sicher ist, dass sie normalerweise sehr gut auf sich selbst aufpassen kann, hat sie heute so verletzlich gewirkt wie ein aufgescheuchtes Reh im Scheinwerferlicht. Und was hat er getan? Anstatt ihr zu helfen, hat er sie vor den Kopf gestoßen – sie abgewimmelt wie ein lästiges Insekt. Verärgert über sein eigenes Verhalten schüttelt Mick das Oberbett härter als nötig durch, sodass kleine Flocken aufwirbeln und langsam zu Boden schweben. Anklagend bleiben sie mitten auf den Holzdielen liegen. Seufzend sammelt er die weichen Federn wieder auf und legt das Kopfkissen und die Decke auf die Matratze. Der Geruch von frisch gewaschener Wäsche erfüllt den Raum und wirft die unausweichliche Frage auf, wie es wohl riechen wird, nachdem Nelly die Nacht dort verbracht hat.

„Schluss mit dem Quatsch!", ruft Mick sich selbst zur Ordnung, wendet sich ab und verlässt zügig den Raum. Bloß weg! Aber wohin? An Schlaf ist in seinem Zustand gar nicht zu denken. Normalerweise geht er in solchen Situationen immer hinaus in den Schuppen und hackt Holz für den Kamin – zum Abreagieren ein perfekter Hebel. Dummerweise ist der Vorrat an Stämmen aufgebraucht. Das, was er in den letzten Wochen bereits zerlegt hat, wird locker für den nächsten Winter reichen, und mit Nachschub sieht es bei dieser Witterung eher schlecht aus. Zumindest wird er einen großen Bogen um die Gemeinschaftsräume machen und stattdessen lieber auf seinem Zimmer nach einer Lösung für sein Dilemma suchen.

„Könnte ich vielleicht kurz telefonieren, Maria? Mein Handy findet kein Netz, seit der Zug den Hauptbahnhof verlassen hat. Ich möchte wenigstens meiner Freundin Bescheid sagen, dass ich gut untergekommen bin. Jazz ist sicher schon ganz krank vor Sorge."

„Natürlich, Liebes. Das Telefon steht draußen im Flur, rechts in der Nische. Dort ist auch ein kleiner Sessel – machen Sie es sich ruhig bequem. Ich lasse Ihnen in der Zeit ein Erkältungsbad ein, mit einem meiner selbst gemischten Badezusätze, die vollbringen nämlich wahre Wunder. Und danach erzählen Sie mir in Ruhe, was passiert ist."

Dankbar lächelt Nelly Maria an. Ein heißes Bad ist jetzt genau das Richtige!

Am Ende der Nische schlängelt sich eine Schnur aus der Anschlussbuchse in der Wand. Deshalb also der Sessel: Das Kabel zwischen Hörer und Apparat ist ziemlich kurz und erlaubt höchstens einen Bewegungsradius von zwei Metern. Interessiert betrachtet sie das altertümliche Gerät. Wo hat sie so etwas schon mal gesehen? Das vage Bild eines Fotos aus dem Erinnerungsalbum ihrer Mutter steigt in Nelly auf. Eine der wenigen Aufnahmen ihre Ur-Oma, die sie mit Häkeldecke auf dem Sofa zeigt und solch einem Telefon in der Hand. Auf beiden Apparaten ist anstelle der nummerierten Tasten lediglich eine transparente Wählscheibe angebracht, nur ist dieses vor ihr stehende Exemplar cremefarben und das ihrer Ur-Oma war weinrot.

Nelly lässt sich in die Polster sinken und durchsucht ihr Handy nach Jazz' Nummer. Der grüne Balken der Akkuanzeige blinkt penetrant vor sich hin, und das dicke Ausrufezeichen mahnt ebenfalls zur Eile. Schnell zieht sie die Schublade des Beistelltisches heraus, in der glücklicherweise ein Kugelschreiber sowie ein Block vorhanden sind, und notiert darauf vorsichtshalber die Rufnummer ihrer Freundin. Nach jeder gewählten Zahl dreht die Scheibe sich surrend zurück in ihre Ausgangsstellung, bis schließlich alle Ziffern eingegeben sind und ein gleichmäßiges Tuten ertönt. Nach dem zweiten Klingeln ist Jazz am anderen Ende der Leitung.

„Nelly? Nelly, sag bitte, dass du's bist!"

„Ja, ich bin's – es ist alles okay, Jazz. Mir geht's gut. Tut mir leid, dass ich jetzt erst anrufe, aber du wirst nicht glauben, was passiert ist."

„Mensch, ist das toll, deine Stimme zu hören! Ich dreh hier bald durch! Was ist denn los? Wo steckst du überhaupt?"

„Ich bin in der Bahn eingeschlafen, und als ich wieder wach geworden bin, ist der Zug mitten auf der Strecke steckengeblieben. Ich war ganz allein mit einem absolut furchtbaren Zugführer und hatte echt Angst. Da habe ich mich zu Fuß auf den Weg zum nächsten Ort gemacht und bin in Weidershausen gelandet."

„Weidershausen? Das hab ich ja noch nie gehört! Wo soll das denn sein?"

„Na, wenn *du* das nicht weißt, wer denn dann? *Du* wohnst doch hier in der Ecke."

Auf Jazz' Seite der Leitung raschelt es. „Warte mal, ich hab eine Straßenkarte. Weidershausen, Weidershausen ... ah, da ist es ja!"

„Und?"

„Süße, das ist ja mitten im Nirgendwo. Du bist viel zu weit gefahren! Außerdem ist da gar keine Haltestelle eingezeichnet."

„Normalerweise hätten wir auch gar nicht gehalten – der Bahnsteig ist stillgelegt. Aber bei dem Schneesturm ist ein Baum auf die Schienen gefallen und wir konnten nicht weiterfahren. Na ja, auf jeden Fall hat mich ein Mann gefunden und mit zu sich auf den Hof genommen."

„Ein Mann? Wenigstens ein netter?", hakt Jazz interessiert nach.

„Am Anfang ist er sogar sehr nett gewesen. Aber seit er weiß, dass ich Ärztin bin, kommt kein zusammenhängender Satz mehr aus ihm raus."

„Versteh ich nicht."

„Na, dann sind wir schon zu zweit. Ich nämlich auch nicht."

„Sieht er gut aus?"

Nelly räuspert sich. „Ich denke schon."

„Du denkst schon?", fragt Jazz und zieht jedes Wort wie ein Kaugummi in die Länge.

„Ja, ich denke schon!" Nelly spürt wie ihr die Wärme langsam ins Gesicht steigt. Gut, dass ihre Freundin sie nur hören und nicht sehen kann.

„Bleibst du über Nacht? Bei dem Wetter kommst du heute wahrscheinlich nicht mehr weg, oder?"

„Ich wüsste nicht wie. Die Straßen sind dicht. Außerdem ist es dunkel, und es macht nicht den Eindruck, als würde der Schnee sich in den nächsten Stunden entschließen, in den Wolken zu bleiben."

„Schön. Dann hast du ja die ganze Nacht Zeit, deinen Retter dazu zu bringen, wieder gesprächiger zu werden."

„Jazz! Ich bin müde, durchgefroren und habe mir bestimmt eine fette Erkältung eingefangen. Da gehen mir wichtigere Sachen durch den Kopf als dieser Kerl!"

„Tatsächlich?" Jazz' Stimmlage macht ziemlich deutlich, dass sie ihr keine Silbe glaubt.

„Ja, tatsächlich!" Nervös wickelt Nelly sich das Telefonkabel um den Zeigefinger. „Du hast meine Mutter hoffentlich nicht angerufen, oder?", wechselt sie schnell das Thema.

„Nein. Hätte ich aber bald gemacht, wenn du dich nicht gemeldet hättest."

„Gott sei Dank! Sie muss sich nicht auch noch Sorgen machen. Sie denkt, ich bin bei dir, und das ist gut so. Es reicht, wenn du Bescheid weißt. Hast du was zu schreiben? Für alle Fälle gebe ich dir die Telefonnummer vom Hof – sie steht hier auf dem Apparat."

Jazz notiert die Zahlen und schickt dann einen tiefen Seufzer durchs Kabel. „Ich hatte mich so auf dich gefreut, Süße. Meinst du, du schaffst es morgen bis hierher?"

„Bestimmt. Und dann quatschen wir in Ruhe, ja?"

„Okay. Und pass bitte auf dich auf!"

Nachdem Nelly den Hörer zurück auf die Gabel gelegt hat, bleibt sie noch für einen Moment in dem weichen Sessel sitzen. Unbeschreiblich, wie gut es tun kann, nach so einem aufwühlenden Tag eine vertraute Stimme zu hören.

Selten hat Nelly sich so sehr auf etwas gefreut wie auf diese heiße Badewanne. Die Kälte sitzt ihr immer noch in den Gliedern, und langsam verstärkt sich das Gefühl, dass nicht nur das Wetter Schuld daran ist. Irgendetwas anderes nagt an ihr, das viel tiefer unter die Oberfläche geht.

Das erste Bein schwingt über den Wannenrand und taucht in den dampfenden Schaum ein. Ist das herrlich! Eine wohlige Gänsehaut überzieht ihren gesamten Körper, während sie sich Stück für Stück ins Wasser gleiten lässt. Nellys Augen werden schwer, und entgegen aller Vernunft gibt sie dem Drang nach und schließt sie. Kurz bevor ihr Bewusstsein sich in die Traumwelt verabschiedet, schreckt ein lautes Klopfen sie hoch.

„Ich habe Ihnen frische Kleidung und ein Nacht-hemd vor die Tür gelegt, Liebes. Nicht, dass Sie mich falsch verstehen: Die anderen Sachen haben Ihnen ausgezeichnet gestanden. Aber ich denke, die Kon-fektionsgröße meiner Tochter kommt Ihrer doch nä-her."

Nelly hört Marias leises Glucksen und muss un-willkürlich grinsen. „Danke! Das ist wirklich sehr nett", ruft sie durch die verschlossene Tür.

„Kommen Sie gleich runter in die Stube. Ich habe eine Kleinigkeit zu Essen vorbereitet. Sie müssen völ-lig ausgehungert sein."

Darüber hat Nelly überhaupt nicht mehr nachge-dacht. Aber bei dem Wörtchen Essen breitet sich ein flaues Grummeln in ihrer Körpermitte aus.

„Sehr gern. Ich bin gleich fertig." Ein bisschen Es-sen kann nicht schaden, bevor sie sich endlich in die Kissen kuscheln und schlafen kann."

„Keine Hektik. Machen Sie sich in Ruhe fertig, wir haben es nicht eilig. Stress gibt es das ganze Jahr über genug."

Ja, das kann der Großteil der Menschheit wohl spontan bestätigen. Alles muss schneller, höher, wei-ter sein, und ein Ende der Leistungsspirale ist nir-gendwo in Sicht. Trotzdem ist es für Nelly die meiste Zeit über kein negativer Stress. Sie liebt ihre Arbeit und kann sich nichts Erfüllenderes vorstellen, als an-deren Menschen zu helfen. Das Einzige, was manch-mal wirklich fehlt, ist ein Partner. Vorzugsweise jemand, der nicht sofort das Weite sucht, wenn es schwierig wird – oder wenn es um das Thema Kinder geht. Aber das ist im Medizin-Business ungefähr so schwer zu finden wie ein Pinguin in den Alpen. Mit jedem Jahr erscheint es Nelly unwahrscheinlicher, dass so ein Exemplar irgendwo auf diesem Erdball existiert. Die meisten Ärzte, die eine Familie wollen, erwarten immer noch von der Frau, im Job kürzerzutreten, um die eigene Karriere nicht zu gefährden. Zumindest ist es bei all denen so gewesen, die ihr bisher über den Weg gelaufen sind. Eine gleichberechtigte Aufgabenteilung kam für keinen davon in Frage. Die ganzen letzten Jahre hat Nelly mit diesem Zustand gut leben können – warum sollte es also nicht genauso weitergehen? Wenn der Prinz auf dem weißen Pferd nicht kommt, dann kommt er eben nicht.

Gedankenversunken trocknet Nelly sich ab. Das weiche Frottee-Handtuch hinterlässt ein angenehmes Prickeln auf der Haut. Sie schlingt es sich um den Körper und öffnet die Tür einen Spalt breit, um die draußen bereitgelegten Anziehsachen hineinzuholen. Als erstes fällt ihr ein helles Nachthemd in die Hände. Skeptisch hält sie es in die Luft. In ihrem ganzen Leben hat sie noch kein Nachthemd getragen – erst recht nicht ohne Slip. Apropos Slip! Sie durchwühlt den Kleidungsstapel und findet eine Strumpfhose, Jeans, ein T-Shirt und einen feinen Baumwollpullover. Keine Unterwäsche! Einerseits zwar unangenehm für Nelly, andererseits aber auch verständlich. Wer verleiht seine Unterwäsche schon freiwillig an jemanden, den er bisher nicht einmal kennengelernt hat? Es klopft erneut, und kurz darauf ertönt eine tiefe Stimme. Vor Schreck rutscht Nelly beinahe das Handtuch herunter.

„Ma lässt fragen, ob alles in Ordnung ist." Mick räuspert sich umständlich. Seine Stimme klingt als hätte er einen Frosch verschluckt.

Nellys Gedanken überschlagen sich. Ihr Slip-Problem mal außer Acht gelassen: Das Langarmshirt und der enge Baumwollpulli gehen bei ihrer Oberweite ohne BH leider überhaupt nicht. Da kann sie auch gleich nackt heruntergehen. Soll sie Mick um Unterwäsche seiner Schwester bitten? Nein, völlig unmöglich!

„Nelly? Brauchst du noch was?"

„Ich ähm, also eigentlich ...", setzt sie an und verflucht sich gleichzeitig für ihr hilfloses Gestammel.

Mick fixiert die Badezimmertür. Er hat nie richtig verstanden, warum Frauen nicht einfach sagen, was sie meinen. Doch langsam dämmert ihm, dass es sich vielleicht um etwas derart Intimes handelt, dass Nelly es mit einem fremden Mann durch die Badezimmertür nicht besprechen möchte. Umgehend breitet sich ein warmes Kribbeln in seiner Leistengegend aus. Verfluchtes Kopfkino!

„Ich hole wohl besser meine Schwester", brummt er so heiser, dass Nelly ihn kaum verstehen kann, und ist im nächsten Augenblick auch schon über die knarrenden Treppenstufen verschwunden. Erschöpft lehnt Nelly sich mit dem Rücken an die kühlen Kacheln. Was für ein Tag! Es klopft zum dritten Mal.

„Tatü-tata, die Rettung ist da", ruft eine fröhliche Stimme vom Flur aus. „Mach die Tür mal ein Stück auf." Zögernd streckt Nelly den Kopf um die Ecke. Eine junge Frau grinst ihr entgegen. „Hi, ich bin die Jenny. Hier, bitte schön", flötet sie und drückt Nelly einen wilden Haufen aus Slips, BHs, Damenbinden und Tampons in den Arm. „Irgendwas davon wird Mick wohl gemeint haben, als er gesagt hat, dir fehlt was, das nur Frauen brauchen. Ich muss sagen, er hat sich schon mal klarer ausgedrückt. Du hast ihn ganz schön aus der Fassung gebracht." Ihr Lachen klingt glockenklar und zudem furchtbar ansteckend. Nelly schmunzelt. Wenigstens ist sie nicht die Einzige in diesem Haus, die Probleme damit hat, die Fassung zu bewahren. Ein versöhnlicher Gedanke.

„Such dir einfach raus, was du brauchst, und dann komm runter. Das Essen ist fertig." Am Treppenabsatz dreht Jennifer sich noch einmal herum. „Übrigens schön, dass du da bist. Ma ist immer ganz aus dem Häuschen vor Freude, wenn wir Gäste haben. Fühl dich wie zu Hause", sagt sie augenzwinkernd, bevor sie die Stufen leichtfüßig nach unten springt.

Nelly fühlt sich wie ein neuer Mensch, als sie die Wohnküche betritt. Ein wunderbarer Geruch nach

Suppe und frischen Kräutern liegt in der Luft. Maria steht am Herd und rührt andächtig in einem riesigen Topf. Jetzt erst wird Nelly bewusst, wie groß ihr Hunger wirklich ist. Als sie Mick vor dem Kamin entdeckt, macht ihr leerer Magen einen ordentlichen Satz. Ihre Blicke treffen sich, und ein anerkennendes Flackern leuchtet in seinen Augen auf, bis er den Kontakt abrupt unterbricht und sich wieder den Holzscheiten widmet.

„Setzen Sie sich", fordert Maria ihren Gast auf und holt einen tiefen Teller aus dem Schrank. „Michael, möchtest du uns beim Essen nicht Gesellschaft leisten?"

Mick steht vom Boden auf und stellt den Schürhaken zurück in den Ständer. „Entschuldige, Ma. Ich bin wirklich erschlagen, und außerdem habe ich schon gegessen. Wir sehen uns morgen früh, in Ordnung?" Er gibt seiner Mutter einen flüchtigen Kuss auf die Wange.

Nelly sieht ihm nach. Wirklich entspannen kann sie sich erst, als er den Raum verlassen hat und ein dampfender Teller Hühnersuppe vor ihr auf dem Tisch steht.

8

Sonntag, 21. Dezember – nach Mitternacht

Nelly hätte alles darauf verwettet, in dieser Nacht in einen Schlaf zu fallen, aus dem sie nicht einmal ein Fliegeralarm aufrütteln könnte. Als sie jedoch hochschreckt und ihr Blick auf die Digitaluhr ihres Nachttisches fällt, zeigt diese 00:25 an. Ist seit dem letzten Zeitcheck tatsächlich erst eine Stunde vergangen? Stöhnend lässt Nelly sich zurück in die Kissen sinken. Bildfetzen des vergangenen Abends tauchen vor ihrem inneren Auge auf und lassen die Hoffnung auf eine zweite Runde Schlaf erbarmungslos zerplatzen. Seufzend fährt sie sich mit der Zunge über die spröden Lippen. Ihr Mund ist ausgetrocknet – hätte sie sich bloß etwas zu trinken mit aufs Zimmer genommen. Normalerweise steht immer eine Flasche neben ihrem Bett, aber hier geht ihr zielsicherer Griff ins Leere. Wie wäre es mit einem Glas Wasser aus dem Bad? Nein, mit Leitungswasser ist in so einem alten Gebäude nicht zu spaßen. Auch wenn die Wohnräume vollständig überholt sind, ist mehr als fraglich, in welchem Zustand sich die Rohre befinden. Eine Ohnmacht, ein Zugführer des Grauens, zentnerweise Schnee, diverse Beinahe-Erfrierungen und ein Bauer, der vom Prinzen zur Kröte mutiert, sind für einen Tag wirklich mehr als genug – diese beeindruckende Liste möchte sie ungern um eine Magenverstimmung ergänzen.

Widerwillig schält Nelly sich aus der kuscheligen Decke und streift sich ihre Socken über die Füße. Auf Zehenspitzen schleicht sie die Treppe in die Küche hinunter. Der Kühlschrank auf der anderen Seite des Raums brummt gleichmäßig vor sich hin; ansonsten ist nur der pfeifende Wind zu hören, der weiterhin gnadenlos an den Läden rüttelt und schwere Wolken über den Himmel treibt. Durch die geteilten Fenster scheint der Mond hinein und taucht die Stube in kühles Licht. Der Schneefall hat endlich ein wenig nachgelassen. Zwar rieseln weiterhin dicke, weiße Flocken auf die Erde, durch eine große Lücke ist der pralle Vollmond aber klar und deutlich erkennbar. Wie kleine Adern schlängeln sich feine, dunkle Linien über seine hellgraue Oberfläche. Von dieser hypnotisierenden Aura magisch angezogen, vergisst Nelly für einen Moment lang alles um sich herum. Die Gestalt, die mit verschränkten Armen hinter ihr im Türrahmen lehnt und sie beobachtet, bemerkt sie nicht. Es dauert eine Weile, bis Nelly sich von der düsteren Schönheit des Nachthimmels losreißen kann und auf die Suche nach einem Trinkbecher macht. Gerade als sie das richtige Fach in einem der Bauernschränke gefunden und eines der bauchigen Gläser in die Hand genommen hat, hört sie hinter sich ein schabendes Geräusch. Erschrocken wirbelt sie herum, das Glas rutscht ihr aus der Hand und zerschellt mit einem lauten Knall am Boden. Wie angewurzelt bleibt Nelly stehen und starrt auf die unzähligen Splitter, die sich überall um sie herum verteilt haben. Mick tritt aus dem Schatten heraus und ist mit wenigen großen Schritten bei ihr. „Nicht bewegen! Du hast nur Socken an, ich kehre die Scherben eben auf." Er nimmt das Kehrblech vom Haken, und Nelly beobachtet, wie er vor ihr in die Knie geht und jedes einzelne der spitzen Glasstücke mit dem Handbesen vom Boden entfernt. Aus den Augenwinkeln leuchtet ihm etwas Rotes entgegen. Da sind sie wieder: die roten Plüschsocken, aus denen zwei schlanke Fesseln herausragen. Demonstrativ geschäftig fegt Mick weiter – Zentimeter für Zentimeter, auch an den Stellen, an denen weit und breit keine Scherbe mehr zu sehen ist. *Nur nicht ablenken lassen, nur nicht hochsehen!*

Nelly dagegen schickt ein Stoßgebet nach dem anderen gen Himmel und hofft inständig, dass Mick nicht auf den Gedanken kommt den Kopf anzuheben. Das Nachthemd kommt ihr plötzlich ein ganzes Stück kürzer vor. So gut es geht hält sie den Saum an ihren Oberschenkeln zusammen, damit er ihr – sollten alle frommen Wünsche ungehört verpuffen – nicht direkt bis zum Bauchnabel blicken kann. Doch dieses Mal ist das Glück auf ihrer Seite, denn er steht auf, leert das Kehrblech über dem Abfalleimer aus und dreht sich dann erst wieder zu ihr herum.

„Tut mir leid, ich wollte dich nicht erschrecken."

„Ist schon gut, du kannst nichts dafür. Ich habe nur nach einem Glas Wasser gesucht. Wahrscheinlich hätte ich das Licht anmachen und nicht im Dunklen herumschleichen sollen."

„Ja, das wäre wohl besser gewesen", antwortet Mick äußerlich gelassen, insgeheim jedoch erleichtert darüber, dass Nelly offenbar nicht bemerkt hat, wie er die ganze Zeit hinter ihr gestanden hat. Erschöpft fährt er sich durchs Haar. Trotz aller Müdigkeit, hat er genauso wenig in den dringend nötigen Schlaf gefunden wie Nelly selbst. Er holt eine kleine Stielkasserolle aus dem Schrank und stellt sie auf der Herdplatte ab. „Warme Milch hilft beim Einschlafen", sagt er und schüttet die weiße Flüssigkeit aus der Flasche in den silbernen Topf.

Nachdenklich neigt Nelly den Kopf zur Seite. Nun klingt er wieder genauso freundlich wie zuvor in der Gaststätte. Seine Stimme ist dunkel und warm, ohne jede Spur von Abweisung.

„Magst du auch?" Fragend hält er eine Tasse und einen kleinen Honigtopf hoch.

„Ja, gern. Ich bin verzweifelt genug, um alles auszuprobieren", antwortet Nelly. Sie setzt sich auf einen der massiven Holzstühle am Esstisch, wobei ihr Nachthemd bis zur Mitte der Oberschenkel hochrutscht. Hastig schlägt sie die Beine übereinander und zerrt den dünnen Stoff notdürftig zurück an seinen Platz.

Mick rührt die aufschäumende Milch um und nimmt den Topf anschließend vom Herd. „Du würdest wirklich *alles* ausprobieren?"

Ein feines Kribbeln kriecht von Nellys Dekolleté den Hals empor. Ein sicheres Zeichen dafür, dass ihre Gesichtsfarbe nun von weiß auf rot wechselt. Mühsam versucht sie, ihre Unsicherheit niederzuringen. *Verdammt, Nelly, reiß dich zusammen! Bestimmt meint er etwas völlig Belangloses und nicht das, was dir bei der Frage als erstes in den Sinn kommt. Es gibt mit Sicherheit hundert andere Hausmittel gegen Schlafstörung.*

Mit zwei dampfenden Tassen in der Hand setzt Mick sich auf den freien Platz neben ihr. Dieser Blick, dieses freche Grinsen! Nelly schluckt. Das, was er meint, ist definitiv *nicht* belanglos, sondern genau das, was sie befürchtet. Er flirtet mit ihr!

„Ich ... nun, kommt auf das Mittel an", stammelt sie schließlich und verpasst sich dafür im gleichen Moment einen imaginären Schlag auf die Stirn. *Was für eine einfallsreiche Antwort! Als ob ich nicht wüsste, wie so eine offensive Flirtattacke pariert wird. Natürlich weiß ich das! Tausend Mal habe ich das Spiel schon gespielt und bin damit quasi ein preisgekrönter Flirtprofi – zumindest habe ich das bis eben gedacht.* Energischer als geplant greift Nelly nach ihrer Tasse, wobei ein ordentlicher Schwall über den Rand tritt und auf der Tischplatte landet. Zeitgleich springen sie auf, um die Pfütze zu beseitigen, und stehen sich plötzlich beunruhigend nah und sichtlich verlegen gegenüber. Reflexartig umfasst Mick Nellys Oberarme und hält sie damit auf einer sicheren Armlänge Abstand. In seinem Blick flackert Verlangen auf, gepaart mit der wilden Entschlossenheit, diese um jeden Preis zu unterdrücken. Verunsichert von der Frage, welche Art von Verlangen ihn treibt, starrt Nelly ihn an. Will er sie an seine Brust ziehen und hemmungslos küssen oder ihr für ihre Tolpatschigkeit lieber den Hals herumdrehen? Alles in ihr sehnt sich nach der ersten Variante, aber wie er darüber denkt, ist für Nelly genauso unklar wie der Blick durch eine Brille, die mindestens fünf Dioptrien über ihrer tatsächlichen Sehstärke liegt.

Mick selbst ist die Antwort hingegen genauer bewusst als ihm lieb ist. Er spürte es, wenn sie ihn ansieht, wenn sie ihn zufällig berührt, allein durch ihre bloße Anwesenheit. Jeder Mensch hat eine natürliche Grenze, die er nicht überschreiten darf, ohne sich dahinter zu verlieren. Micks persönliches Limit ist an dieser Stelle eindeutig erreicht. Abrupt zieht er die Hände zurück als hätte er in loderndes Feuer gegriffen. Die Tür schwingt auf und Maria betritt die Küche. Überrascht blickt sie zwischen Nelly und ihrem Sohn hin und her.

„Oh, tut mir leid. Lasst euch nicht stören", sagt sie und tritt rasch den Rückzug an. Mick weiß genau, was dabei in seiner Mutter vorgeht: Die Annahme, sie in einer pikanten Situation unterbrochen zu haben, paart sich in ihrem Kopf mit der Hoffnung, ihren Jungen endlich wieder glücklich zu sehen. Ruckartig wendet Mick sich von Nelly ab – jegliche Spekulation muss im Keim erstickt werden. Dabei stößt er gegen das Tischbein und bringt auch den zweiten Becher auf der Platte gefährlich ins Rutschen.

„Du störst nicht, ich wollte sowieso gerade gehen", murmelt er und rückt überflüssigerweise einen Stuhl nach dem anderen gerade, bevor er seine Mutter mit einer einladenden Geste zum Sitzen auffordert. „Vielleicht kannst du unserem Gast ein bisschen Gesellschaft leisten, ich muss noch einiges erledigen."

„Du musst einiges erledigen?", hakt Maria ungläubig nach. „Nachts?" Kopfschüttelnd sieht sie ihrem Ältesten hinterher, wie er ohne eine Antwort zur Tür hinausrauscht. „Entschuldigen Sie, Liebes. Ich weiß wirklich nicht, was in ihn gefahren ist. So fahrig kenne ich ihn gar nicht."

Beschwichtigend hebt Nelly die Hände. „Machen Sie sich bitte keine Gedanken. Es ist alles in Ordnung, ich fühle mich sehr wohl bei Ihnen. Sie haben eine wunderbare Familie."

Ein Lächeln breitet sich auf Marias Gesicht aus. „Ja, die habe ich, und dafür bin ich sehr dankbar." Sie zupft ihr braunes Schultertuch zurecht und streicht mit den Fingerkuppen über die bunten Fransen der gehäkelten Ränder. „Was ist mit Ihrer Familie? Waren Sie unterwegs dorthin?"

Abwesend betrachtet Nelly die Stelle, an der sie eben mit Mick gestanden hat. Diese aufgeladene Energie zwischen ihnen hat Spuren hinterlassen. Wie sehr hat sie sich in seine Arme gewünscht. Wie gerne hätte sie gespürt, dass er das Gleiche fühlt wie sie für ihn in diesem Moment. Seine Reaktion machte allerdings eher den Eindruck, als wäre es wahrscheinlicher, dass an Heiligabend Frühlingsblumen sprießen, als dass diese Wünsche in Erfüllung gehen. Je mehr Zeit Nelly in diesem Haus und in dieser Gesellschaft verbringt, desto wehmütiger wird ihr bei dem Gedanken zumute, dass dies alles bald vorbei sein wird. Der Zug zurück in ihr eigentliches Leben rückt unaufhaltsam näher. Sobald das Wetter sich beruhigt hat, wird er vor ihr stehen, seine Türen öffnen und sie mitnehmen – weg von hier, als hätte es die letzten Stunden nie gegeben.

„Nelly? Geht es Ihnen gut?" Besorgt legt Maria die Stirn in Falten und sieht ihr Gegenüber prüfend an.

„Ja, natürlich. Mir geht es gut." Trotz der trüben Gedanken ringt Nelly sich ein warmes Lächeln ab. „Ich bin nur furchtbar müde."

„Dann schlafen Sie sich richtig aus. Ich werde mich auch wieder hinlegen, und wann immer Sie aufstehen, mache ich Ihnen ein ordentliches Frühstück."

Mit dieser verlockenden Aussicht und einer Flasche Wasser bewaffnet, macht Nelly sich auf den Weg ins Gästezimmer. Am Abend hat sie vermutet, die kommende Nacht wie ein Stein durchzuschlafen, ist jedoch bereits nach kurzer Zeit wieder hochgeschreckt. Nun ist sie sicher, vor lauter Aufregung gar nicht mehr abschalten zu können; aber der ersehnte Schlaf lässt wider Erwarten nicht lange auf sich warten. In Sekundenschnelle hüllt er sie ein und trägt sie fort – in eine erholsame, traumlose Welt. An diesem Ort scheint nichts vorhersehbar und jegliche Mutmaßungen über den Verlauf der Dinge so überflüssig wie ein Weihnachtsbaum im Sommer.

Als Nelly die Augen aufschlägt, ist es neun Uhr. Neun Uhr! Wann hat sie das letzte Mal acht Stunden am Stück geschlafen? Sie schwingt ihre Beine über die Bettkante, tastet sich zum Schalter neben der Tür vor und knipst die Deckenbeleuchtung an. Ein Blick nach draußen zeigt Schnee. Nichts als Schnee vor grauem Hintergrund. Weder vom Hof noch von der Landschaft ist irgendetwas erkennbar. Der Himmel präsentiert sich als geschlossene Decke und lässt einen glauben, es sei mitten in der Nacht. Lediglich das schwach flackernde Licht einer Stalllaterne schaukelt sanft auf und ab, entfernt sich langsam und verschmilzt schließlich vollständig mit der Dunkelheit. Nachdem Nelly ihre Kleidung übergestreift hat, geht sie hinunter. Der Küchenbereich ist verlassen, aber aus dem angrenzenden Raum dringt ein röchelndes Husten. Die Tür steht einen Spalt breit offen. Zaghaft klopft sie gegen das dunkle Holz.

„Wer ist da?", bellt eine rauchige Stimme. Erschrocken fährt Nelly zusammen. Einladend hört sich das nicht an. Auch wenn der erste Impuls ihr zur Flucht rät, öffnet sie die Tür und späht um die Ecke. Ein hellgraues Augenpaar funkelt ihr unter dichten, buschigen Brauen entgegen. Ungläubig hält Nelly inne:

Dort sitzt der Weihnachtsmann persönlich. Weiße Locken wellen sich auf dem leicht geröteten Kopf, und ein wolliger Bart bedeckt die komplette untere Gesichtshälfte. Er wirkt älter als er in Wirklichkeit vermutlich ist. Nur das hochgelegte, in Gips verpackte linke Bein will nicht so recht ins Bild passen.

„Tut mir leid, ich wollte Sie nicht stören", bringt Nelly entschuldigend hervor. „Ich bin Janelle Morgan und ..."

„Ja, ja, ich weiß", unterbricht der Mann sie unwirsch und fuchtelt mit der Hand durch die Luft. „Wenn Sie schon mal da sind, können Sie mir auch gleich meinen Kaffee bringen. Die Kanne steht in der Küche, Tasse hab ich hier." Nach dieser eindeutigen Anweisung widmet er sich wieder dem Kreuzworträtsel auf seinem Schoß.

Stirnrunzelnd sieht Nelly ihn an. Auch wenn er äußerlich nicht die geringste Ähnlichkeit mit Mick und Jennifer aufweist, besteht trotzdem eine gewisse Wahrscheinlichkeit, dass es sich um deren Vater handelt. Der männliche Teil dieser Familie besticht also nicht unbedingt durch überschäumende Freundlichkeit, soviel steht fest. Ein passender Kommentar liegt Nelly bereits auf der Zungenspitze und wartet auf seinen Startschuss. Doch wenn sie in ihrer bisherigen Laufbahn eines gelernt hat, dann, dass es Situationen im Leben gibt, in denen es ratsam ist, einfach mal den Mund zu halten. Und diese gehört eindeutig dazu. Schließlich ist sie froh und dankbar für den gewährten Unterschlupf und Marias Gastfreundschaft. Deshalb schluckt sie ihre Bemerkung hinunter und kehrt stattdessen kurze Zeit später mit der silbernen Kaffeekanne in der Hand zurück. Sie geht um den Beistelltisch herum und füllt die große Tasse. Ein dumpfes Grollen dringt daraufhin aus der Kehle des Mannes, was wohl als Dankeschön gewertet werden kann.

„Können Sie mir vielleicht sagen, wo ich Maria oder Jenny finde?", fragt Nelly und rückt vorsichtshalber ein wenig von ihm ab.

„In den Ställen natürlich – da, wo sie hingehören. Da, wo ich auch sein sollte, wenn dieser verdammte Fuß nicht wäre." Er spuckt die Sätze aus wie andere Leute die Kerne aus ihren Kirschen.

„Danke. Dann werde ich dort mal nachsehen", antwortet Nelly mit fester Stimme. „Oder kann ich sonst noch etwas für Sie tun? Eine Zeitschrift vielleicht oder ein Sandwich?"

Der zuckersüße Unterton in ihrer Stimme ist ihm nicht entgangen, einordnen kann er diesen aber offensichtlich nicht. Also beschränkt er sich auf ein Augenrollen und Kopfschütteln, als wolle er sagen, dass nur ein Weibsbild aus der Großstadt auf einen derart absurden Einfall kommen kann. Mit einem Handzeichen gibt er ihr zu verstehen, dass sie nicht mehr „gebraucht" wird. Draußen lehnt Nelly sich mit dem Rücken gegen die Wand und atmet drei Mal tief durch – ein wirklich reizender Weihnachtsmann!

9

Sonntag, 21. Dezember – am Vormittag

Nellys ausgeliehene Gummistiefel stehen in einer geöffneten Kiste vor der Tür. Dicke Wollsocken ragen über deren Rand; da hat jemand an sie und ihre kalten Füße gedacht. Ihre Stiefel sind die einzigen in der Box, doch die nassen Abdrücke links und rechts zeugen davon, dass dort vor Kurzem vier weitere Paare gestanden haben.

Obwohl der Eingang weitläufig überdacht ist, schlagen Nelly sofort die ersten Schneeflocken entgegen. Der Wind hat immer noch enorme Kraft und drückt so stark, dass sie kaum das Gleichgewicht halten kann, während sie in die Stiefel schlüpft. Mit hochgestelltem Jackenkragen und dicker Kapuze auf dem Kopf macht Nelly sich auf die Suche nach den Ställen – was bei den schlechten Sichtverhältnissen einfacher gesagt als getan ist. Das Gästezimmer des Hauses ist auf den Hinterhof ausgerichtet, und von dort aus hat sie vorhin die flackernde Laterne gesehen. Also hält Nelly sich links, läuft durch die Toreinfahrt und kämpft sich quer über den Hof bis zu der Stelle, an der sie ihr Ziel vermutet. Tatsächlich schält sich kurze Zeit später eine hohe Scheune aus der Dunkelheit, durch deren Ritzen ein schwacher Lichtschein dringt. Vor dem mächtigen Tor liegt eine erloschene Lampe im Schnee, die der Sturm gewaltsam von ihrer Befestigung geholt hat. Nelly rüttelt so lange an dem Griff, bis die Öffnung groß genug zum Durchschlüpfen ist. Die gelbliche Beleuchtung verleiht dem Innenraum eine angenehme Atmosphäre, die abgesehen von den Temperaturen beinahe behaglich ist. Gefräßige Stille erfüllt die Luft und bis auf das gemütliche Malmen der Kühe ist der sausende Wind die einzig verbliebene Geräuschquelle.

„Hallo?", ruft Nelly, während sie langsam den verwaisten Gang hinunterläuft. Einige der Tiere sehen flüchtig auf, schenken ihr aber keine weitere Beachtung, sondern tauchen ihre Mäuler wieder in das frische Heu.

„Hier hinten!" Die Stimme ist gedämpft, trotzdem schwingt zwischen diesen beiden Worten eine unglaubliche Energie mit – das kann nur Jennifer sein. Im nächsten Moment schießt Josefine um die Ecke und springt am Ende des Gangs winkend auf und ab.

„Komm schnell her und guck dir das an!"

„Josefine! Kein Rennen, Schreien und Springen im Stall! Wie oft soll ich dir das noch sagen?", weist Jennifer ihre Tochter zurecht. Die fröhliche junge Frau kann also auch einen deutlich strengeren Tonfall anschlagen, stellt Nelly überrascht fest. Sie betritt den Anbau, und ihre Augen weiten sich: In der Ecke eines großen Bretterverschlags kuscheln sich mindestens zwei dutzend Schafe aneinander, und auf Jennifers Schoß liegt ein nasses Lämmchen.

„Er ist gerade erst geboren", flüstert Josefine aufgeregt und legt ein weiches Handtuch über den klei-

100

nen Körper. „Da hinten, das ist Gertrud, seine Mama. Sie will es nicht haben, und jetzt ist es meins. Ich darf es gleich füttern", verkündet das Mädchen mit vor Stolz geröteten Wangen.

„Die Mutter lehnt es ab? Aber warum das denn?" Sichtlich ergriffen geht Nelly in die Hocke und fährt mit dem Finger über das kleine, krause Köpfchen.

„Das kommt leider öfter vor als man denkt", erklärt Jennifer. „Wenn es passiert, versucht Pa, es mit der Flasche aufzuziehen, und hofft, dass es überlebt. Für den Fall der Fälle hat er immer einen Vorrat an Biestmilch eingefroren – das ist die Erstmilch, die von allen Säugetieren kurz nach der Geburt abgegeben wird."

„Und die bekommt es gleich? Darf ich vielleicht zugucken?"

„Natürlich. Aber erst müsstest du es kurz halten, damit wir die Milch holen können." Jennifer rückt ein Stück beiseite, damit Nelly sich neben sie setzen und das zitternde Tier übernehmen kann.

„Aber ich möchte das machen", setzt Josefine zum Protest an und zieht einen eindrucksvollen Schmollmund.

„Du darfst ihm gleich die Flasche geben. Jetzt brauche ich dich erst mal drüben, damit du lernst, wie man die Nahrung richtig vorbereitet."

Widerwillig fügt das Mädchen sich den Anweisungen ihrer Mutter und setzt sich in Bewegung, wobei sie dem Neugeborenen einen letzten sehnsüchtigen

Blick zuwirft. Nelly bleibt zurück, allein mit all den Vierbeinern. Gedankenverloren krault sie ihrem Schützling das Fell. Im Stall herrscht ein durch und durch friedliches Klima, das ihr in dieser Ausprägung völlig fremd ist. Ihr eigener Alltag ist geprägt von Stress, Hektik und Leistungsdruck. Jede freie Minute muss genutzt werden, um das ständige Schlafdefizit auszugleichen. Zeit zum Nachdenken und Innehalten ist Mangelware. Doch ist es nicht genau das, was sie immer gewollt hat? Was ihr Tag für Tag zeigt, dass sie am Leben ist? Menschen helfen, Gesundheit schaffen, Krankheit besiegen. Dass Entspannung und Freizeit dabei viel zu kurz kommen, ist dafür bisher immer ein akzeptabler Preis gewesen.

Nellys Blick schweift über das beschauliche Bild der teils schlafenden Tiere, und während ihre Lunge sich mit dem wohltuenden Duft von Heu und Stroh füllt, verfestigt sich die Gewissheit, dass sie ihr Dasein in dieser Form nicht bis ans Lebensende weiterführen kann. Die Sehnsucht nach einem richtigen Zuhause, nach einer Familie, nach tobenden Kindern, schleicht sich tief in ihr Herz. Die Menschen auf diesem Hof haben all das. Ob sie damit glücklich sind? Ob sie es zu schätzen wissen? Oder überwiegt die gelangweilte Selbstverständlichkeit, die sich unausweichlich einstellt, wenn man etwas immer gehabt hat und es nicht anders kennt?

Ein laut gackerndes Lachen nähert sich dem Stall, und als die Tür mit Kraft aufgezogen wird, rollt es wie eine Tsunami-Welle schonungslos über die Idylle hinweg. Der schrille Ton hallt unangenehm in Nellys Ohren nach. Und nicht nur in ihren: Einige Schafe springen erschrocken auf die Beine und blöken sich gegenseitig aufgeregt an. Das Lämmchen auf Nellys Schoß zuckt merklich zusammen und hebt fragend das Köpfchen. Hufe stoßen aufgeregt an Boxengitter.

„Nicht so laut", zischt eine Stimme mit unverwechselbar brummiger Klangfarbe.

„Ups, tut mir leid", kommt die halbherzige Entschuldigung, dicht gefolgt von einem mühsam unterdrückten Kichern.

Nelly runzelt die Stirn. Diese Person wird auf ihrer Beliebtheitsskala sicher keinen der oberen Plätze einnehmen, soviel steht schon fest, bevor sie überhaupt um die Ecke gebogen ist. Sekunden später schwingen lange, blonde Haare auf Nelly zu, hellblaue Augen scannen sie von oben bis unten ab und bringen die Bestätigung ihrer Vermutung: Diese Frau gehört zu einer Gattung, um die jede Normalsterbliche besser einen großen Bogen machen sollte.

Mit einer aufgefüllten Milchflasche in der Hand drängt sie sich neben Nelly auf die Sitzbox. „Oh, wie süß!", ruft sie entzückt und meint damit ganz sicher nicht Nellys Stupsnase. „Gibst du's mir rüber?"

Alles in Nelly sträubt sich dagegen, dieses schutzlose Geschöpf ihren Fängen zu überlassen, die es zweifellos gewohnt sind, alles Begehrenswerte rücksichtslos an sich zu reißen. Unbewegt sieht Mick zwischen den beiden Frauen hin und her. Seine Gedanken in diesem Moment zu erraten, dürfte in etwa so schwierig sein wie die Vorhersage der richtigen Lottozahlen für den kommenden Samstag.

Da Mick sein „blondes Gift" nicht zur Ordnung ruft, legt Nelly das Lämmchen schließlich widerwillig auf dem Schoß der fremden Frau ab. Mit klimpernden Wimpern schaut diese zu Mick auf, der sich daraufhin an der Stallwand hinunter auf den Boden rutschen lässt und dort lässig nach hinten gelehnt sitzen bleibt. Zumindest findet er seine Sprache wieder.

„Das ist Larissa, unsere Nachbarin", stellt er sie vor. „Ihrem Vater gehört die Apotheke nebenan. Und das ist Janelle Morgan. Bis das Wetter besser wird, ist sie unser Gast."

„Nachbarin?", wiederholt Larissa sichtlich empört und wendet sich an Nelly. „Wir sind zusammen aufgewachsen und kennen uns besser als die meisten anderen Menschen. Ich weiß so ziemlich alles über ihn und er über mich. Da passt kein Blatt zwischen, stimmt's Mick?" Um den nicht vorhandenen Zwischenraum zu demonstrieren, klatschen ihre Handflächen aufeinander und lassen das Lämmchen auf ihren Oberschenkeln nochmals zusammenzucken.

„Wir kennen uns schon sehr lange", bestätigt Mick. Einen Hinweis darauf, ob das in seinen Augen gut oder schlecht ist, sucht Nelly in der Aussage vergebens. Diesen Mann einzuschätzen, fällt ihr unglaublich schwer. Zuzutrauen ist ihm zwar einiges, aber sollte mit dieser eingebildeten Ziege tatsächlich mehr laufen, wäre ihre Menschenkenntnis damit endgültig am Ende.

„Ich gehöre quasi zur Familie", ergänzt Larissa Micks Bemerkung. Dieser furchtbaren Person mangelt es offensichtlich an ziemlich vielen Dingen, aber sicher nicht an Selbstbewusstsein.

„Wollte Josy das Kleine nicht füttern?" fragt Nelly und funkelt Mick dabei herausfordernd an. Soll er ruhig merken, wie unsympathisch seine Sandkastenfreundin ihr ist.

Ein leichtes Lächeln kräuselt seine Mundwinkel und lässt den Ansatz von Grübchen erahnen, bevor seine Gesichtszüge sich wieder verhärten. „Sie ist auf der Treppe gestolpert. Bis Jenny ihr das Pflaster verpasst hat, wäre das arme Schaf wahrscheinlich verhungert."

Das Schlüsselwort "verhungert" erinnert Nelly schlagartig an ihren eigenen, nicht vorhandenen Mageninhalt. Gerade als sie Mick darauf ansprechen will, ist er plötzlich wieder da: dieser sanfte, verständnisvolle Blick, vermischt mit einer Portion Sehnsucht und einer ordentlichen Prise Wehmut, der alle Worte überflüssig macht und ihren Bauch sofort verstummen lässt. Dem verärgerten Räuspern nach zu urteilen, ist auch Larissa dieser kurze, beinahe intime Moment zwischen ihnen nicht entgangen.

„Ma hat das Frühstück fertig. Geh ruhig schon rüber, du hast sicher ordentlich Hunger", sagt Mick.

Larissas plumpe Versuche, die Aufmerksamkeit mit ihrem seichten Geschwätz wieder auf sich zu ziehen, perlen an ihm ab wie Regen auf frisch gewachstem Autolack.

So würdevoll wie möglich steht Nelly auf, auch wenn sie am liebsten mit einem Satz hochspringen und im Sprint aus dem Stall flüchten würde. Die Aussicht auf etwas Essbares, kombiniert mit der Vorstellung, sich nicht mehr mit dieser Nachbarin auseinandersetzen zu müssen, wirkt wie ein unwiderstehliches Lockmittel. Mit einem Lächeln wendet sie sich schließlich ab und geht betont langsam den Gang hinunter in Richtung Ausgang.

Der Rückweg zum Haupthaus gleicht bei unverändert heftigem Schneefall immer noch einem Blindflug. Froh darüber, dass sie den schützenden Flur endlich erreicht hat, hängt Nelly die Jacke an den Garderobenhaken. Ein verführerischer Duft nach frischen Brötchen und Kaffee liegt in der Luft und ruft wohlige Vorfreude in ihr hoch. Der liebevoll gedeckte Frühstückstisch übertrifft Nellys Erwartungen jedoch um ein Vielfaches. Maria, Jennifer, Josefine, der knurrige Weihnachtsmann mit dem Gipsbein sowie ein weiterer, wesentlich jüngerer Mann, langen bereits beherzt zu, als sie den Raum betritt.

„Liebes, kommen Sie herein und leisten uns bei unserem zweiten Frühstück Gesellschaft", ruft Maria erfreut. „Es ist genug für alle da, greifen Sie zu. Und bitte keine falschen Hemmungen – Bescheidenheit ist bei uns fehl am Platz." Ihre Worte sind warm, voller Herzlichkeit und vermitteln das Gefühl, der Himmel würde jeden Moment aufreißen und das Tor zum Paradies freigeben.

„Vielen Dank! Josy, geht's dir wieder besser? Mick hat erzählt, dass du gefallen bist", fragt Nelly und deutet auf das dicke Pflaster auf der Wange des Mädchens.

„Ach, nur ein kleiner Kratzer. Gar kein Problem!", antwortet diese leichthin und schiebt sich die restlichen Brötchenkörner in den Mund, die auf ihrem Teller verteilt liegen.

„Dafür hat man dein Gebrüll aber bis zum Nachbarort gehört", kommentiert der junge Mann am Ende des Tisches ihre Aussage augenzwinkernd.

„Los, komm schon", fordert Jennifer Nelly auf, bevor Josefine etwas erwidern kann und klopft einladend auf den Stuhl zu ihrer Linken. „Die beiden da drüben kennst du noch gar nicht, oder? Mit dem Gips, das ist Ludwig, mein Pa, und das daneben ist Daniel, mein kleiner Bruder."

Ein zweifaches Schnaufen kommt als Begrüßung über die Tischplatte geweht. Während die Sache für Ludwig damit erledigt ist und er sich umgehend wieder seinem Rührei widmet, scheint Daniel mit der Vorstellung ein Problem zu haben.

„Nenn mich nicht ständig kleiner Bruder", fährt er seine Schwester an. „Ich bin zwar jünger, aber schon längst nicht mehr kleiner als du, klar?" Unwillig kratzt er sich über das stoppelige Kinn.

„Ist ja schon gut. Sei nicht gleich so empfindlich." Theatralisch rollt Jennifer mit den Augen und reicht Nelly anschließend den Brotkorb. „Tut mir leid. Die Kerle in unserem Haus verhalten sich manchmal wie Neandertaler. Jeder aus der männlichen Linie der Brandlers trägt zumindest einen kleinen Anteil des Steinzeit-Gens in sich."

„Jennifer! Jetzt ist es aber gut. Lass unseren Gast in Ruhe essen! Ich glaube nicht, dass sie sich für die Charaktereigenschaften unserer Familienmitglieder interessiert", ruft Maria ihre Tochter kopfschüttelnd zur Ordnung. Josefine kichert. Schön, wenn nicht immer nur sie selbst zurechtgewiesen wird. Der Apfel fällt eben nicht weit vom Stamm. Für einen kurzen Moment lang sagt niemand ein Wort, doch dann platzt Jennifer wieder in die Stille hinein.

„Danny studiert Land- und Agrarwirtschaft an der Fachhochschule Weihenstephan in Freisingen, weißt du? Er wird den Hof später übernehmen."

Nelly kann ein leichtes Glucksen nur mühsam unterdrücken. Jemanden wie diese quirlige Frau hat sie auch noch nicht kennengelernt. Es scheint schier unmöglich, mit ihr gemeinsam in einem Raum länger als zehn Sekunden lang zu schweigen.

„Ich dachte, Mick würde den Hof weiterführen", antwortet Nelly, ohne weiter darüber nachzudenken. Mit diesem Satz ist ihr die Aufmerksamkeit aller Anwesenden im Handumdrehen sicher. Jedes einzelne Augenpaar richtet sich auf sie. „Ich … ich dachte nur, weil er ja der Älteste ist und …" *Um Himmels Willen, hör auf, dich zu rechtfertigen. Du machst es mit jedem Wort schlimmer!*

„Mick kann den Hof nicht übernehmen, er …", setzt Josefine zu einer Erklärung an, wird von ihrer Mutter allerdings abrupt unterbrochen. „Diese Marmelade musst du unbedingt probieren. Eine von Mas neuesten Kreationen", fährt sie dazwischen. „Schmeckt einfach göttlich!"

Damit ist das Thema vom Tisch, und Nelly wird in dieser Runde garantiert nicht freiwillig darauf zurückkommen. Unbeabsichtigt hat sie wohl eine heikle Stelle getroffen. Auch wenn ihr die Neugierde förmlich unter den Nägeln brennt, wie Josefines Satz wohl weitergegangen wäre.

„Sieht echt lecker aus und riecht auch ganz wunderbar", bemerkt Nelly, nachdem sie einen tiefen Zug des fruchtigen Dufts genommen hat. „Haben Sie irgendwo Sellerie verarbeitet? Darauf reagiere ich nämlich allergisch. Zumindest ist es früher so gewesen. Ehrlich gesagt kann ich mich nicht mal mehr erinnern, wie es überhaupt geschmeckt hat."

„Nein, Sellerie werden Sie nirgends finden. Nur rote Beeren und Minze. Trotzdem sollten Sie auf jeden Fall testen lassen, ob die Allergie noch aktiv ist, Kindchen. Allergische Reaktionen können mitunter verheerend sein. Da haben Sie gestern Abend mit meiner Suppe mächtig Glück gehabt. Brühen werden häufig mit diesem Kraut zubereitet."

„Ja, ich weiß. Daran habe ich in dem Moment überhaupt nicht gedacht. Ganz so schlimm waren die Auswirkungen bei mir auch gar nicht. Nur ein leichter Ausschlag, der sich ein paar Tage lang gehalten hat. Aber natürlich haben Sie recht. Wenn ich wieder auf der Arbeit bin, werde ich sofort einen Test machen – schließlich sitze ich direkt an der Quelle."

Maria nickt, ihr Blick geht jedoch an Nelly vorbei zum Eingang. „Hallo? Ist da wer?", ruft sie, und tatsächlich schwingt daraufhin die Tür auf. „Larissa! Hast du schon länger im Flur gestanden? Mir war, als hätte ich etwas gehört."

„Nein, Maria. Natürlich nicht", antwortet diese und schüttelt energisch den Kopf. „Ich bin eben erst gekommen. Hab mir draußen nur die Jacke ausgezogen." Ohne zu fragen, greift sie wie selbstverständlich nach der Kaffeekanne.

Nelly ist der Appetit vergangen. Jennifer ebenfalls, denn ein paar Minuten später steht sie auf. „Kommst du mit zum Hühnerstall? Du kannst Josy und mir beim Füttern helfen."

Dankbar ergreift Nelly diese Chance. Sie würde beinahe alles machen, damit sie nicht länger mit Larissa an einem Tisch sitzen muss. Höflich bedankt Sie sich für das Frühstück und folgt den beiden hinaus zur Garderobe.

10

Sonntag, 21. Dezember – am späten Vormittag

Der Berg an offenen Lieferantenrechnungen auf dem Küchentisch ist beängstigend. Mit spitzen Fingern schiebt Mick die oberen Blätter beiseite. Er ist sich nicht sicher, ob er wirklich sehen will, was ihn darunter alles erwartet. Wie soll er in diesen unsortierten Haufen nur jemals Ordnung bekommen? Seufzend macht er sich an die Arbeit und legt konzentriert Zettel für Zettel auf einem der drei neu entstandenen Stapel ab. Wie befürchtet wächst der Posten mit den Rechnungen, die dringend überwiesen werden müssen, wesentlich schneller an als der Rest. Tiefe Furchen bilden sich auf seiner Stirn. Einerseits ist er froh, dass seine Mutter mit ihren Sorgen letztlich zu ihm gekommen ist. Auf der anderen Seite wird sein Herz schwer beim Gedanken an die finanziellen Nöte, in denen seine Eltern offensichtlich stecken. Dass der Hof schon lange nicht mehr genug abwirft, um auf Dauer über die Runden zu kommen, ist Mick nicht erst seit heute klar. Aber mit diesem katastrophalen Ausmaß hat er nicht gerechnet. Sein Vater muss die Rechnungen und Mahnungen über Monate gehortet haben, und für jeden, der ihn kennt, liegt der Grund dafür klar auf der Hand: Ludwig würde den desolaten Zustand seiner Finanzen nicht einmal zugeben, wenn bereits auf jedem Blumentopf im Haus ein Kuckuck kleben würde. Der Vorschlag seines Bruders Daniel, über den Umbau zu einem Biohof nachzudenken, wäre definitiv ein erster Schritt in die richtige Richtung. Hergeben würde der Familienbesitz dieses Konzept allemal, aber natürlich wäre das mit erheblichen Mehrkosten verbunden. Ein überzeugender Businessplan müsste erstellt und der Bank für die Kreditaufnahme vorgelegt werden. Stöhnend fährt Mick sich mit beiden Händen durchs Haar. Selbst wenn sich eine Bank findet, die ihnen das Geld geben würde, wäre es einfacher, quer durch den Atlantik zu schwimmen, als seinen Vater von diesem Vorhaben zu überzeugen. Änderungen sind ihm schon immer zuwider gewesen – bisher hat er alles Neue von vornherein abgelehnt, ohne sich ernsthaft damit auseinanderzusetzen. *Der Hof wird seit drei Generationen in dieser Weise geführt, und es hat immer bestens funktioniert, auch ohne euren neumodischen Kram!* Diese Worte ihrer letzten Diskussion hallen wie ein Presslufthammer in Micks Gedanken nach. Die Welt hat sich in den vergangenen Jahren drastisch verändert – auch in der Landwirtschaft. Sie werden sich den Gegebenheiten wohl oder übel anpassen und mit der Zeit gehen müssen. Soll der Hof konkurrenzfähig bleiben? Will Ludwig, dass sein Lebenswerk fortbesteht? Dann muss er umdenken, bevor es zu spät ist. Bevor die Schulden zu hoch werden und es kein Zurück mehr gibt.

„Okay. Zuerst brauche ich eine vollständige Übersicht, wie viel Geld wir den Lieferanten tatsächlich schulden. Dann rede ich mit Danny und anschließend mit meinen Eltern", murmelt Mick und konzentriert sich wieder auf die Arbeit. An dieser Konfrontation wird kein Weg vorbeiführen – als ob er nicht schon genug andere Probleme hätte.

Die brennenden Scheite im Kamin knistern und schicken kleine Rauchsäulen in die Luft, als das Feuer eine feuchte Stelle am Holz erreicht. Maria zieht ein weiteres Blech Weihnachtsgebäck aus dem Backofen und stellt es zum Auskühlen auf die Ablage. Düster betrachtet Mick die lachenden Gesichter der Zimtsterne. Sie würden nicht so verdammt fröhlich aussehen, wenn sie wüssten, wie es um den Familienhof bestellt ist. Ganz zu schweigen von seiner eigenen beruflichen und privaten Zukunft.

Marias Überlegungen beschäftigen sich hingegen mit einem ganz anderen Thema und nehmen die angespannte Atmosphäre nicht wahr, die den Raum beherrscht. Völlig in der Zubereitung der Wintermarmeladen versunken, drückt sie die Früchte mit einer großen Kelle zusammen.

„Sie ist sehr nett", stellt Maria in die Stille hinein fest.

Instinktiv beugt Mick sich noch ein wenig tiefer über die Papiere. Da bahnt sich ein Gespräch an, das er genauso nötig braucht wie die Schafe einen Wollschal. Als keine Antwort kommt, sieht Maria ihren Sohn über die Schulter hinweg forschend an.

„Sie ist sehr nett", wiederholt sie ihre Feststellung mit sanfter Stimme. Ihr ist keineswegs entgangen, dass ihr Ältester sich windet wie ein Fisch, der so schnell wie möglich zurück ins Wasser möchte, wenn es um Nelly geht. Unruhig rutscht Mick auf seinem Stuhl herum und bestätigt damit ihren Eindruck, dass sie voll ins Schwarze getroffen hat. In seinem Kopf arbeitet es fieberhaft, und das nicht nur wegen der Geldsorgen. Er kennt seine Mutter gut genug, um zu wissen, dass sie nicht locker lassen wird, bis er ihr eine einigermaßen zufriedenstellende Antwort präsentiert hat. Die erfolgversprechendste Strategie ist in solch einem Fall meist das Ablenkungsmanöver in Form einer Gegenfrage.

„Findest du?", brummt Mick widerwillig, und eher an die Tischplatte als an seine Mutter gewandt.

„Ja, finde ich. Und hübsch ist sie auch, oder?" In aller Seelenruhe, als würden sie lediglich übers Wetter plaudern, widmet Maria ihre Aufmerksamkeit wieder den Obststücken im Topf.

Mick räuspert sich umständlich. Die Unterhaltung nimmt nun definitiv eine Dimension an, die akute Fluchtgedanken in ihm weckt.

„Mag sein", presst er mit zusammengebissenen Zähnen hervor und fixiert die Buchstaben auf den vor ihm liegenden Blättern dermaßen angestrengt, dass sie vor seinen Augen zu schwarzen Klecksen verschwimmen. „So genau habe ich sie mir nicht angesehen."

Mit einem wissenden Lächeln auf den Lippen schüttet Maria Zucker nach. Wie soll er dieser Situation bloß unbeschadet entkommen? Während er händeringend nach einer Lösung sucht, fliegt die Tür zur Stube auf, und Nelly kommt atemlos hineingelaufen. „Jenny braucht dringend Hilfe bei den Hühnern. Mit dem Futter stimmt was nicht."

„Wahrscheinlich hat sie wieder den falschen Sack aufgemacht und das Ziegenfutter erwischt", braust Mick auf. „Würde sie ein bisschen öfter hier aufkreuzen, würde sie den Unterschied kennen", fügt er leise hinzu, als ihm seine unangebrachte Lautstärke bewusst wird. Um den tadelnden Blick seiner Mutter kommt er trotzdem nicht herum – instinktiv nimmt sie ihre Tochter in Schutz.

„Was ist los mit dir, Junge? Deine Schwester lebt am anderen Ende von Deutschland und hat ein schulpflichtiges Kind. Da kann sie nicht kommen und gehen, wann sie will!"

Mick starrt angestrengt Löcher in die Luft. Maria seufzt.

„Ich gehe hinüber zu ihr und sehe nach, was los ist", fährt sie nach einer kurzen Pause an Nelly gewandt fort. „Könnten Sie in der Zeit bitte nach der Marmelade schauen? Sie müsste ab und zu umgerührt und die Früchte müssten weiter eingestampft werden."

„Natürlich, das mache ich gern." Nelly legt Ihre Jacke auf der schweren Holztruhe ab und wirft einen neugierigen Blick in den Kochtopf. Der Duft des Suds steigt ihr in die Nase. „Das riecht aber gut! Welche Marmelade wird das?"

„Granatapfel mit Honig. Nebenan stehen noch mehrere Sorten für unseren Weihnachtsmarkt."

„Sie veranstalten einen Weihnachtsmarkt?", hakt Nelly interessiert nach. „Das ist ja toll! Wann denn?"

„Also, wenn die Damen sich weiter über Marmeladen und Weihnachtsmärkte austauschen möchten, mache *ich* mich auf den Weg in den Stall, bevor die Hühner heute gar nichts mehr bekommen." Energisch schiebt Mick den Stuhl nach hinten, sodass die Holzbeine laut über den Boden kratzen.

„Du bleibst! Ich gehe!", sagt Maria in ruhigem, aber bestimmtem Tonfall, der Mick umgehend zurück auf seinen Sitz zwingt. Nelly ist beeindruckt: Diese Frau hat ihre Familie fest im Griff. Kaum hat Maria den Raum verlassen, vergräbt Mick sich wieder in seine Aktenberge. Nelly widmet sich währenddessen der brodelnden roten Masse und legt anschließend den schweren Deckel auf die Öffnung.

„Mick?"

„Mmh?"

„Darf ich kurz stören?"

„Mmh?"

„Verrätst du mir, wann der Markt stattfindet?"

„Dann bist du wohl nicht mehr hier."

Leicht genervt wendet Nelly sich ab. Was ist das wieder für ein dummer Spruch? Eine einfache Antwort, bestehend aus Tag und Uhrzeit, hätte es auch getan. Die Erinnerung an ihr nächtliches Treffen in der dunklen Küche und an seinen sanften Blick im Stall, ziehen wie ein Filmschnipsel an ihr vorbei. Diese hilfsbereite und umwerfend anziehende Seite passt überhaupt nicht zu seinem jetzigen abweisenden Verhalten. Wenn Nelly es nicht besser wüsste, würde sie nicht glauben, dass es sich um ein und denselben Menschen handelt. Was zur Hölle ist bloß sein Problem? Er will seine muffige Laune wieder auspacken? Bitte schön! Aber darauf wird sie nicht mehr anspringen, und wenn sie dabei platzen sollte. Frustriert lässt Nelly ihren Unmut an dem Inhalt des Kochtopfs aus. Gnadenlos stampft und rührt sie vor sich hin. Mit solcher Eindringlichkeit ist sicher noch keine der Zutaten jemals zuvor bearbeitet worden. Als sich ein leichtes Kribbeln zwischen ihren Schulterblättern ausbreitet, hält sie inne. Beobachtet er sie etwa?

„Du bringst die Marmelade um", bemerkt Mick nach einer Weile trocken. Spätestens bei dieser Bemerkung kocht nicht nur das Obst-Zucker-Gemisch, sondern auch Nellys Innenleben auf höchster Stufe. Ein warmer Schwall von Wut schwappt über sie hinweg. Im letzten verzweifelten Versuch, ihr anschwellendes Temperament unter Kontrolle zu halten, trommeln die Fingernägel ihrer freien Hand auf der Küchenablage. Vergeblich – es geht nicht mehr. Sie wirbelt herum, dass ihre braunen Locken fliegen und funkelt Mick aufgebracht an. Sein Blick ruht mit solch einer unverschämten Gelassenheit auf ihr, dass sie schlagartig vergisst, was sie auf seine Frechheiten erwidern wollte. Eine weitere bissige Bemerkung liegt Mick schon auf der Zunge, doch einem inneren Gefühl folgend, entscheidet er sich um und schluckt die Worte herunter.

„Am 23. Dezember", sagt er stattdessen.

Nelly starrt ihn an. „Am 23. Dezember?"

„An dem Tag ist unser Weihnachtsmarkt", antwortet Mick leise. „Ma organisiert ihn jedes Jahr, seit ich denken kann. Es lohnt sich schon lange nicht mehr, und bei dieser Wetterlage werden höchstens ein paar Leute aus dem Dorf kommen. Trotzdem kann nichts und niemand sie davon abringen – alte Traditionen sind ihr sehr wichtig, und jede Änderung der Gewohnheit macht ihr Angst. Genauso wie meinem Vater, auch wenn er das niemals zugeben würde."

Die plötzliche Sanftheit in seiner Stimme kommt überraschend und pegelt Nellys Wut augenblicklich auf ein erträgliches Maß herunter. Was geht nur in seinem Kopf vor? Wie kann sich jemand innerhalb eines Wimpernschlags so verändern?

„Das verstehe ich gut. Sicher hattest du eine schöne Kindheit – deine Familie ist einfach wunderbar. Du bist bestimmt sehr glücklich hier, oder?"

Ja, er hatte tatsächlich eine unvergessliche und sorgenfreie Kindheit. Umso unerträglicher ist nun die Vorstellung, dass sein Zuhause unter dem Hammer des Gerichtsvollziehers enden könnte. Wie es dann mit seinen Eltern weitergehen soll, daran darf er gar nicht denken.

„Ich muss los", murmelt Mick anstelle einer Antwort und kippt beim Aufstehen beinahe seinen Stuhl um. Im Stechschritt läuft er zum Ausgang.

„Mick, was ist denn los? Habe ich was Falsches gesagt?" Als er auf ihre Fragen nicht reagiert, zeichnet sich eine steile Falte auf Nellys Stirn ab, und das Braun ihrer Augen wird noch eine Spur dunkler als es ohnehin ist. Jetzt ist aber Schluss mit dieser Gefühlsachterbahn, auf der er sie ständig die schwindelerregenden Hügel hochschiebt und kurz darauf in den nächsten Abgrund stürzen lässt. „Warte! Du kannst mitten im Gespräch nicht einfach so weglaufen!"

Aber Mick denkt gar nicht daran zu warten. Mit einem Ruck reißt er die Haustür auf und ist schon halb über der Schwelle, als Nellys aufgebrachte Stimme ihn doch noch zum Anhalten bewegt. „Wovor zum Teufel hast du solche Angst?", hört er sie rufen.

Wie versteinert bleibt er stehen. Eine Frage, auf die er nicht vorbereitet ist, mit der er sich nicht auseinandersetzen will und die unangenehm in seinem Kopf dröhnt. Die Hand fluchtbereit auf der Klinke ruhend, starrt er bewegungslos hinaus, bis Nelly zu ihm aufgeschlossen hat. Obwohl es mitten am Tag ist, gähnt die Außenfläche des Hofs ihnen tiefgrau durch die offene Tür entgegen.

Eine feine Gänsehaut kriecht Nellys Beine empor, die sicher nicht nur dem Frost geschuldet ist. Was wird als Nächstes passieren? Wie wird er auf diese sehr persönliche Frage reagieren? Vorsichtshalber tritt Nelly einen kleinen Schritt zurück. Der Wind weht feine Schneewolken von der Terrasse hinein und pustet sie über die braunen Holzdielen. Die Luft ist dermaßen eisig, dass der Schnee auf dem warmen Boden nicht direkt einschmilzt, sondern sich in kleinen Häufchen an den Fußleisten sammelt. Selten hat eine Situation sich für Nelly so beklemmend und unwirklich angefühlt. Als hätte jemand mitten im Film die Pausetaste betätigt und die laufende Szene damit auf unbestimmte Zeit eingefroren. Plötzlich kommt Mick ihr unnatürlich groß vor. Wie ein Riese füllt er den Eingang aus und muss den Kopf ein ordentliches Stück einziehen, sonst würde er an den Türrahmen stoßen. Unfähig einen klaren Gedanken zu fassen, fixiert Nelly die groben Maschen des braunen Pullovers, der sich über seine breiten Schultern spannt. Die stumme Frage, wie es darunter wohl aussehen mag, schleicht sich unaufgefordert in ihr Bewusstsein. Nelly schluckt, und ein dicker Klos schiebt sich durch ihren Hals. Sie schließt die Augen und atmet tief ein – diese unpassende Vorstellung muss sofort verschwinden! Für einen kurzen Moment scheint es, als spüre sie seine warme Haut tatsächlich unter ihren Händen. Ihre Arme schlingen sich um ihn, seine Muskulatur spannt sich unter ihrer Berührung deut-

lich an. Dann beugt er sich zu ihr hinunter und ...
Stop! Bist du völlig übergeschnappt? Dieser Mann ist unberechenbar und hat offensichtlich nicht geringste Ahnung, was er überhaupt will. Wahrscheinlich würde er dich, kurz nachdem er dich geküsst hat, den Schweinen zum Weihnachtsfraß vorwerfen.

Mit einem ruckartigen Straffen der Schultern zerbricht Nelly diese aufwühlende Überlegung und landet unsanft zurück in der Realität. Mick steht immer noch an derselben Stelle, als hätte man ihn bei der Erbauung des Hauses dort einzementiert. Unschlüssig tritt Nelly von einem Bein aufs andere und haucht einen Schwall ihres warmen Atems in die frierenden Hände.

„Mick, es tut mir leid", sagt sie schließlich selbstbewusster als sie sich in Wirklichkeit fühlt. „Ich wollte dir nicht zu nahe treten, und eigentlich geht es mich ja auch gar nichts an." Er zeigt keine Reaktion. Zögernd geht sie näher an ihn heran und berührt seinen rechten Arm. Fast unmerklich zuckt Mick zusammen und dreht sich langsam herum. Eine feine Haarsträhne hängt ihm ins Gesicht, und Nelly muss sich schwer zusammenreißen, sie nicht zurückzustreichen. Kurz bevor sie der Versuchung erliegt, halten seine blau-grauen Augen sie jedoch zurück. In diesem Blick liegt eine undefinierbare Mischung, die ihr trotz der Minusgrade den Schweiß auf die Stirn treibt. Er sagt kein Wort; trotzdem hallen seine Gedanken so laut in ihrem Kopf, als hätte er sie ihr ins

Gesicht geschrien und mit drei Ausrufezeichen verse-
hen. *Nicht eigentlich, Frau Doktor! Es geht dich überhaupt nichts an! Also spar dir deine Psychoanalysen!*

Bevor Nelly reagieren kann, ist er bereits mit langen Schritten in der trüben Düsternis verschwunden,
und die Tür fällt krachend hinter ihm ins Schloss.

Die Schneewehen auf dem Fußboden fallen langsam in sich zusammen. Kleine Wasserlachen suchen
sich ihren Weg durch die feinen Maserungen der alten Holzdielen. Die Temperatur im Raum steigt
merklich an, seit die Außentür sich geschlossen hat –
aber gegen Nellys innere Kälte hätte selbst die Wüs-
tensonne nicht den Hauch einer Chance.

11

Sonntag, 21. Dezember – am frühen Nachmittag

„Maria? Wo bist du?" Ludwigs übellaunige Stimme dröhnt aus dem Nebenzimmer in die Küche. Erschrocken fährt Nelly zusammen. Außer ihr ist niemand im Haus – zumindest nicht in der unteren Etage. Nach kurzer Abwägung, ob sie nachsehen oder diesem Griesgram lieber aus dem Weg gehen soll, gewinnt ihr Mitgefühl die Oberhand. Mit seinem lädierten Fuß kann er sich schließlich kaum fortbewegen und ist auf Hilfe angewiesen – bestimmt ist er seit Tagen nicht mehr vor die Tür gekommen. Gehhilfen und hoher Schnee vertragen sich nun einmal nicht besonders gut. Vorsichtig blickt Nelly um die Ecke. „Maria ist bei Jenny im Stall. Kann ich Ihnen vielleicht helfen?"

Ludwig kneift die Augen zusammen, als er Nelly im Türrahmen erkennt. Nach einer gefühlten Ewigkeit lässt er sich schließlich seufzend zurück in die Sesselpolster sinken. „Meine Brille ist runtergefallen. Könnten Sie vielleicht …?"

Nelly entdeckt sie neben einem Hocker auf dem Teppich. Als sie sich zwischen Couch und Beistelltisch hindurchschieben will, stößt sie an den verschnörkelten Messingrand, der die runde Glasplatte einfasst. Die oberste Lage der dort gestapelten Zeitschriften kommt ins Rutschen und fällt raschelnd zu Boden.

123

„Das tut mir leid. Ich hebe sie sofort wieder auf …",
murmelt Nelly und verflucht sich gleichzeitig für ihre Ungeschicklichkeit. Hektisch rafft sie die durcheinandergeratenen Hefte zusammen und legt sie zurück an die ursprüngliche Stelle. Dabei fällt ihr Blick auf eines der Cover: eine Fachzeitschrift über Biohöfe.

„Das ist ja interessant!", ruft Nelly überrascht aus. „Denken Sie darüber nach, ihren Hof auf Bio umzustellen?"

Tiefe Furchen überziehen Ludwigs Gesicht, und Nelly kommen ernste Zweifel, ob ihre spontane Nachfrage eine gute Idee gewesen ist. Andererseits hat sie auch keine Lust mehr, jedes Wort auf die Goldwaage zu legen. Auch wenn sie noch so dankbar für die Unterkunft ist, kann sie sich trotzdem nicht komplett verstellen. Und bei einem Thema, das einen interessiert, darf ja wohl nachgefragt werden. Punkt!

„Nein, das habe ich nicht vor", brummt er in einem Tonfall, der für seine Verhältnisse beinahe freundlich klingt. „Setzen Sie sich, bitte."

Diese Aufforderung kommt unerwartet; zögernd nimmt Nelly auf dem Sofa Platz.

„Mein Sohn hat mir diese Prospekte aufgezwungen", fährt Ludwig fort und blickt dabei an Nelly vorbei aus dem Fenster. „Er will den ganzen Hof auf den Kopf stellen. Als wäre das, was ich und drei Generationen vor mir geschaffen haben, nichts mehr wert. Umkrempeln und neu machen – das ist alles, was die jungen Leute heutzutage auf den Universitäten lernen. Graue Theorie, sonst nichts! Bio! Viel zu teuer – wer soll das denn kaufen?"

„Oh, da gibt es bestimmt viele", antwortet Nelly, auch auf die Gefahr hin, damit den nächsten Fettnapf zu treffen. „Ich wohne momentan in Köln. Mitten in der Großstadt. Dort geht der Trend schon seit Jahren Richtung Bio. Immer mehr Lebensmittelläden – sogar die großen Ketten – stellen ihre Sortimente mehr und mehr darauf ein. Das sind längst keine Nischenprodukte mehr."

„Tatsächlich?" Nachdenklich fährt Ludwig sich durch den weißen Bart, bevor er entschieden den Kopf schüttelt. „Trotzdem ist das keine Alternative. Eine komplette Umstellung kostet enorm viel Geld; letztes Jahr haben wir erst die Wohnhaus-Sanierung abgeschlossen. Und ein Kredit wird nicht aufgenommen – das kommt gar nicht in Frage! Wir kommen gut alleine klar."

„Warum möchte ihr Sohn denn überhaupt was ändern, wenn alles gut läuft?"

Ludwig räuspert sich umständlich, und sein Oberkörper nimmt eine leicht gebeugte Haltung ein. Nelly schluckt. Es läuft also *nicht* alles gut. Obwohl sie die Familie erst seit einem knappen Tag kennt, trifft diese Erkenntnis sie mit ungeahnter Wucht wie ein rechter Haken.

„Ich kenne mich in dieser Branche zwar nicht aus, aber am Rand von Köln gibt es einen Gutshof, auf dem man Gemüsegärten pachten kann. Haben Sie davon schon gehört?"

„Gemüsegärten pachten?" So wie er diese Worte wiederholt, hört es sich an, als hätte Nelly ihn gebeten, nackt mit ihr im Schnee zu tanzen.

„Na ja, die Ackerflächen werden vom Eigentümer mit verschiedenen Gemüsesorten bepflanzt, in kleine Areale unterteilt und anschließend an Privatleute verpachtet. Die können dann zur Erntezeit ihr eigenes Gemüse einholen. Sie glauben gar nicht, wie begehrt solche Flächen sind. Die Menschen haben weder die Zeit, noch die Geduld oder ausreichende Kenntnis für die Aussaat. Aber trotzdem in gewissem Rahmen zum Selbstversorger zu werden, steht bei vielen ganz oben auf der Wunschliste. Besonders in Zeiten der Finanzkrise sehnt die Mehrheit sich nach einem Mindestmaß an Selbstbestimmtheit."

Ludwigs Mimik schwankt zwischen Ungläubigkeit und Neugierde. Sein griesgrämiger Ausdruck zieht sich allmählich zurück, was Nelly als ersten Etappensieg für sich verbucht.

„Bauen Sie denn überhaupt Gemüse an, oder leben Sie ausschließlich von der Tierhaltung? Haben Sie einen Hofladen? Marias traumhafte Marmeladen werden doch sicher nicht nur auf dem Weihnachtsmarkt verkauft, oder?" Auch wenn Ludwig sie weiterhin kommentarlos anschaut und eindringlich mustert, löst Nellys Scheu diesem Mann gegenüber sich langsam aber sicher auf. Hunde, die bellen, beißen nicht, heißt es, und der Instinkt sagt ihr, dass das in diesem Fall zutreffend ist.

„Gemüse haben wir", antwortet Ludwig zögerlich. „Der Hof hat gut 40 Hektar Nutzfläche und ein kleines Waldstück. Wir bauen Obst, Gemüse und Getreide an; haben Pferde, Schafe, Schweine, Milchkühe und Hühner. Was früher absolut ausreichend war, ist bei der Großbetriebskultur heutzutage allerdings nicht mehr als ein Vorgarten. Die Kleinen werden von den Großen rücksichtslos überrollt – ist doch überall das Gleiche. Daniels Ansätze sind vielleicht nicht schlecht, aber er übertreibt es: Man kann nicht alles von heute auf morgen umstellen, Kredite aufnehmen und meinen, damit seien alle Probleme gelöst." Ludwig klemmt seine Daumen unter die Hosenträger, die sich über seinen enormen Bauch spannen und fixiert angestrengt die tanzenden Schneeflocken vor der Fensterscheibe. „Einen Hofladen haben wir nicht", fährt er nach einer kurzen Pause fort. „Maria hat auch schon einige Male vorgeschlagen, dass wir ein bis zwei Zimmer an Urlaubsgäste vermieten könnten. Platz dafür haben wir reichlich, aber ich will nicht, dass sie sich zusätzliche Arbeit auflädt. Es ist so schon mehr als genug zu tun. Außer Maria und mir gibt es sonst nur eine paar Erntehelfer. Fred aus der Dorfschenke unterstützt uns, wo er kann, genau wie ein paar Freunde aus der Nachbarschaft. Wenn wir die nicht hätten, wäre schon längst alles den Bach runtergegangen. In ein paar Monaten ist Danny mit dem Studium fertig und kann endlich die ganze Woche über mit anpacken – dann wird vieles bestimmt leichter."

Jennifer und Josefine sind über Weihnachten nur zu Besuch und leben den Rest des Jahres in Hamburg, so viel hat Nelly bereits mitbekommen. Aber was ist mit Mick? Mühsam würgt sie die Frage nach ihm herunter. Für dieses heikle Thema ist jetzt weder der richtige Zeitpunkt, noch ist Ludwig der richtige Ansprechpartner.

„Das mit den Urlaubsgästen würde Maria vielleicht sogar Spaß machen. Wie ich sie kennengelernt habe, liebt sie es, wenn viele Menschen um sie herum sind und sie sich kümmern kann."

„Mmh. Mag sein."

„Ein Erlebnisbauernhof käme bestimmt gut an."

Ludwig verschluckt sich beinahe an seinem Kaffee. „Erlebnisbauernhof? Wir sind doch kein Vergnügungspark! Ihr Kopf schwirrt voller Ideen, aber jetzt gehen die Pferde mit Ihnen durch, Mädchen", grunzt er, wobei sich um seine Augen für einen kurzen Moment kleine Lachfältchen bilden, bis seine Miene sich wieder zu einer seriösen Maske komponiert. „Nach den Feiertagen werde ich mich mit Maria und den Kindern zusammensetzen und intensiv über die Zukunft des Hofs reden müssen. Vielleicht kommen wir ja dieses Mal zu einem Ergebnis, ohne uns gegenseitig an die Gurgel zu gehen. Bis dahin werde ich mir ein paar Gedanken machen."

Unwillkürlich muss Nelly lächeln. Ludwig spricht die meiste Zeit über eher mit sich selbst, als mit ihr. Trotzdem wird sie das Gefühl nicht los, dass er in den vergangenen Tagen und Wochen nicht halb so viel geredet hat wie in den letzten Minuten. Ganz neu ist Nelly dieses Phänomen nicht. Immer wieder kommt es vor, dass wildfremde Leute ihr das Herz ausschütten, bevor sie weiß, wie ihr geschieht. Schon als Kind hat sie ein Händchen für die Nöte anderer Menschen gehabt, und daran hat sich bis heute nichts geändert.

„Das ist eine ganz besondere Gabe. Geh sorgsam damit um", hat ihr Dad in seinem typisch amerikanischen Akzent immer gesagt. Früher, als er noch bei ihnen war. Vor dieser Nacht, im Juni '94, nach der nichts mehr so war wie zuvor. Die ihr ganzes, bis dahin friedliches Leben verschluckt, zersetzt und stückchenweise wieder ausgespuckt hat. Genauso wie die unzähligen Puzzleteilchen, die sie an jenem Morgen aus der Tüte geschüttet und auf ihrem Spieltisch im Kinderzimmer verteilt hatte. Durcheinander, unvollständig – ein einziges Chaos.

Mit einem dumpfen Schnaufen holt Ludwig sie aus ihren Erinnerungen. „Ich sollte draußen bei meiner Familie sein, anstatt nutzlos herumzuliegen. Der Winter ist hart, und sie brauchen meine Hilfe." Grimmig schaut er auf sein Bein.

„Bald können Sie sicher wieder mit anpacken. Was ist denn überhaupt passiert?"

„Mittelfußbruch. Die Gäule haben mir schon so oft auf den Füßen gestanden, und nie ist etwas passiert – bis Henrietta kam: Die braucht doppelt so lang wie alle anderen, bis sie endlich merkt, was los ist. Das halten die stärksten Knochen nicht aus."

„Und was sagen die Ärzte?"

„Bis ich wieder richtig mitarbeiten kann, dauert es mindestens drei bis vier Wochen. Wenn Jennifer mich allerdings weiterhin so quält, laufe ich bis dahin wahrscheinlich sogar den Wintermarathon mit." Bei diesen Worten breitet sich ein schelmischer Ausdruck auf seinem Gesicht aus, und über die trüben Augen huscht ein leuchtender Glanz. „Sie ist die härteste Physiotherapeutin der Welt, und ein paar Tage bleibt sie mir ja noch erhalten. Ich kann gut verstehen, dass sie sie in Hamburg nicht gehen lassen wollen." Er versucht, den Anflug von Wehmut niederzuringen, der ihn beim Gedanken an den Abschied von seiner Tochter überkommt.

„Ich sollte meine Freundin Jazz anrufen und ihr sagen, dass ich es nicht mehr schaffe, sie zu besuchen. Oder sehen Sie eine Chance, dass ich heute irgendwie nach Steinenbronn komme?", fragt Nelly und lenkt seine schwermütigen Überlegungen damit auf eine andere Fährte.

„Das wird nichts mehr. Gucken Sie mal nach draußen. Sobald das Wetter sich beruhigt hat, kann Daniel sie mit dem Schneepflug zum nächsten Bahnhof bringen", antwortet Ludwig und zuckt resigniert mit den Schultern. „Das Telefon ist seit heute früh tot. Der Sturm hat wohl einen Sendemast erwischt."

„Mein Handy funktioniert auch nicht mehr. Der Akku ist leer und das Ladekabel in meinem Koffer, der wiederum am Bahnsteig liegt. Davon abgesehen hatte ich seit Stuttgart sowieso kein Netz mehr. Könnte ich es mit Ihrem Mobiltelefon versuchen? Vielleicht haben wir damit einen besseren Empfang."

Verständnislos starrt Ludwig sie an. „Mobiltelefon?", fragt er in einem Tonfall, als würde er über eine achtköpfige Spinne sprechen. „So was haben wir nicht. Da kann ich meinen Kopf ja gleich in eine Mikrowelle stecken – die Sie hier übrigens genauso wenig finden werden."

Schmunzelnd steht Nelly vom Sofa auf. „Dann muss ich mir wohl was anderes einfallen lassen. Brauchen Sie noch etwas?"

„Nein, nein. Sie können gehen. Ich brauche jetzt nichts als meine Ruhe." Demonstrativ verschränkt Ludwig die Hände vor seinem Bauch und stößt einen tiefen Seufzer aus. Nelly verlässt den Raum und schließt die Tür hinter sich. An dieses Raubein könnte sie sich glatt gewöhnen.

12

Mick stürzt hinaus auf den Hof. Die Tür fällt lautstark hinter ihm ins Schloss, und in Sekundenschnelle hat die graue Nebelmasse ihn verschluckt. Eingehüllt in einen Kokon aus waberndem Dunst ist er von der Außenwelt abgeschnitten. Der Sturm heult durch die Luft und treibt die dichten Schneeflocken unbarmherzig vor sich her. Trotzdem normalisiert Micks Pulsschlag sich in dieser Umgebung langsam, und die Gedanken in seinem Kopf werden klarer. Doch wütend ist er immer noch. Wütend auf Nelly, weil sie den Finger mitten in seine Wunde gelegt hat. Wütend auf sich selbst, weil er nicht anders als mit wortloser Flucht auf diese Situation reagieren kann. Wütend auf die ganze Ungerechtigkeit der Welt, die ihn seit Wochen nicht zur Ruhe kommen lässt. Auch wenn er ahnt, dass ein Grundsatzgespräch mit Daniel in seinem aktuellen Gemütszustand keine besonders erfolgversprechende Idee ist, kämpft er sich durch das Schneetreiben bis zur Scheune vor. Der kalte Ostwind beißt ihm gnadenlos in die Wangen und zerrt wild an seiner Kleidung, als wolle er ihn mit allen Mitteln aufhalten. Dennoch steht Mick seinem Bruder einige Minuten später gegenüber.

„Wir müssen reden!", beginnt er die Unterhaltung, ohne große Mühe auf eine diplomatische Einleitung zu verschwenden.

Daniel dreht sich nicht herum. In aller Ruhe packt er eine weitere Ladung Stroh in die Schubkarre und zeigt keinerlei Reaktion auf Micks Forderung.

„Hast du eine Ahnung, wie viele offene Rechnungen und Mahnungen ich in der letzten Stunde durchgesehen habe?", fährt Mick, sichtlich um Fassung ringend, fort. Sein Pulsschlag nimmt wieder bedenklich an Fahrt auf.

Daniel hält inne. Lässig stützt er sich mit dem Unterarm auf den Stiel der Heugabel und sieht Mick herausfordernd an. „Das ist Dads Baustelle", antwortet er kurz angebunden, wendet sich gleich darauf wieder ab und arbeitet weiter.

Für einen flüchtigen Moment wägt Mick ab, ob ein Schlag in den Nacken seinen Bruder zur Besinnung bringen oder eher zu weiteren Problemen führen würde.

„Das ist nicht Dads Baustelle", sagt er stattdessen in bemüht ruhigem Ton. „Es ist auch deine und meine, Jennys und nicht zuletzt die von Ma! Es geht hier um unser Zuhause – um deine berufliche Zukunft! Das Firmenkonto gibt keinen müden Cent mehr her, wovon sollen die ganzen offenen Posten bezahlt werden? Du willst den Hof übernehmen? Dann musst du dich auch mit der kaufmännischen Seite auseinandersetzen. Planung, Kalkulation, Förderanträge stellen, Fristen wahren, Auflagen einhalten – und wenn du deine Idee vom Biohof wirklich umsetzten willst, wird der Verwaltungswahnsinn noch schlimmer. Ist dir eigentlich klar, welche Verantwortung du damit für die Familie hast?"

Daniel wirbelt herum und funkelt seinen Bruder zornig an. „Was meinst du eigentlich, wer du bist, Michael Brandler?" Die Heugabel landet mit lautem Scheppern auf dem Scheunenboden. „Wann hast *du* dich in den letzten Jahren denn um den Hof gekümmert? Ich weiß, dass das nicht dein Job ist und du dein eigenes Leben hast. Aber stell dich nicht mit so einer herablassenden Arroganz hier hin, als wärst du der Einzige, der weiß wo's langgeht. Ihr behandelt mich alle, als wäre ich immer noch der schlacksige Teenie von vor zehn Jahren, der nur Flausen im Kopf hat. Ich habe mich geändert, Mick – im Sommer bin ich mit dem Studium fertig, und ich weiß sehr genau, worüber ich rede. Aus dem Hof kann man einiges rausholen. Aber solange Dad mich übergeht und in die kaufmännischen Sachen nicht einbezieht, sind mir die Hände gebunden. Er traut mir nichts zu, dabei ist völlig offensichtlich, dass er mit dem ganzen Bürokram und den immer weiter wachsenden Anforderungen mittlerweile total überfordert ist – und das nicht erst seit gestern." Mit einem Ruck hebt er die Heugabel wieder auf und bearbeitet den Strohhaufen mit kräftigen Hieben. Von dieser Seite hat Mick die Situation noch nicht betrachtet.

„Wo hast du die Unterlagen überhaupt her?", fragt Daniel argwöhnisch.

„Ma macht sich Sorgen, sie hat sie mir gegeben. Pa

weiß nichts davon." Mit verschränkten Armen beobachtet Mick, wie Daniels verkrampfte Gesichtszüge sich zu einem verächtlichen Lächeln verziehen.

„Da hast du's! *Dich* bittet sie um Hilfe, nicht mich. Obwohl ich die ganzen Monate über mindestens vier Tage in der Woche hier war und geschuftet habe wie ein Ackergaul. Noch irgendwelche Fragen?"

Nachdenklich presst Mick die Lippen zusammen. Der letzte Funken Wut ist verflogen und weicht einem gewissen Verständnis für Daniels Situation. Sicher hat es ihn viel Disziplin gekostet, das Studium neben der alltäglichen Arbeit in dieser Geschwindigkeit zu stemmen – eine Dauerbelastung, die auch Mick alles andere als fremd ist. Wenn einem dann noch die Anerkennung verwehrt wird, wirkt das nicht gerade als Motivationshilfe. Niedergeschlagen schüttelt Mick den Kopf. Wie hat er die ganzen Jahre lang übersehen können, dass diese Umstände seinen Bruder dermaßen belasten? Wie ist ihm nur entgangen, dass sein Vater ihn aus jeglichen kaufmännischen und organisatorischen Entscheidungen ausschließt? Im Nachhinein ist Mick vollkommen klar, wie es dazu gekommen ist: Er selbst ist zu sehr mit seinem eigenen Leben beschäftigt gewesen und hat sich blind darauf verlassen, dass auf dem Hof alles unter Kontrolle ist. Ludwig hingegen ist mit Daniels Plänen nicht einverstanden gewesen, hat seinen Sohn daraufhin ausgeschlossen und auf stur gestellt – das, was er schon immer am besten konnte. Sollte diese

Disziplin jemals olympisch werden, wird er sich vor lauter Goldmedaillen nicht mehr retten können.

„Du hast recht, Danny", sagt Mick. Sein Tonfall lässt Daniel überrascht aufhorchen. „Du wirst den Hof eines Tages übernehmen, und das wird nur funktionieren, wenn Pa dich auf dem Weg dahin unterstützt. Ich bin mir absolut sicher, dass er viel von dir und deiner Arbeit hält. Er traut dir diese Aufgabe zu, aber du darfst ihn mit deinen guten Ideen nicht überfordern. Du weißt doch, wie er ist: Dinge, die er nicht kennt, versetzen ihn in Panik. Ich bin ganz deiner Meinung, dass das Gut auf Dauer nicht weitergeführt werden kann wie bisher. Wir müssen mit Pa reden, ganz in Ruhe, mit einem ausgefeilten Plan und einem Sack voller Argumente. Auch wenn es meistens so aussieht, als würde er alles nur abtun und sich nicht damit beschäftigen – glaub mir, in seiner stillen Kammer macht er das sehr wohl. Lass uns in den nächsten Tagen anfangen. Wir arbeiten ein Konzept aus und tragen zusammen, was den Hof wieder in die schwarzen Zahlen bringen könnte."

„Okay", stimmt Daniel zögernd zu, doch in seiner Stimme schwingt eine ordentliche Portion Skepsis mit. Ganz überzeugt scheint er nicht, dass Ludwig seine Meinung überdenken wird.

„Und es tut mir leid, dass ich dich vorhin so angefahren habe. Ich war wohl … etwas aufgebracht." Micks Blick flattert ruhelos durch den Raum.

„Wegen Nelly? Läuft da was zwischen euch? Du

136

verhältst dich komisch, seit sie da ist."

Der abrupte Themenwechsel trifft ihn wie ein Schlag in den Magen – wo er den Gedanken an sie gerade erst erfolgreich verdrängt hat.

„Quatsch, da läuft nichts", antwortet Mick eine Spur zu schnell und zu entschieden. „Mein Bedarf an Frauen ist erst mal gedeckt."

Prüfend betrachtet Daniel seinen Bruder. „Du magst sie!", stellt er fest.

„Sie ist Ärztin, genau wie Valerie."

„Valerie war nur nicht die Richtige für dich, Mick. Du kannst nicht jede Frau im weißen Kittel unter Generalverdacht stellen. Es sind nicht alle gleich."

„Das nicht, aber die Probleme sind immer die gleichen. Die Vorstellung, die Medizinerinnen offenbar von Beziehung und Familie haben, passt mit meiner einfach nicht zusammen."

„Woher weißt du, was Nellys Vorstellung ist? Hast du sie danach gefragt?"

„Nein."

„Sorry, das ist echt albern. Aber du musst wissen, was du tust, bist ja alt genug", sagt Daniel und unterstreicht seine Aussage mit einem gleichgültigen Schulterzucken. „Außerdem kannst du ganz beruhigt sein, bald ist sie nämlich weg. Dann brauchst du dich damit nicht mehr auseinanderzusetzen, sondern kannst dich wieder im Selbstmitleid suhlen und mit der Axt unter dem Arm durch die Wälder streifen wie ein Holzfäller im tiefsten Mittelalter."

Grimmig zieht Mick die Augenbrauen zusammen, nimmt die flapsige Bemerkung jedoch stillschweigend hin. Er weiß, dass der Vorwurf berechtigt ist. Wie er dagegen in diesen Strudel aus Resignation und Selbstzerfleischung geraten ist, weiß er nicht. Er hat nie den Kopf in den Sand gesteckt, wenn es schwierig wurde; umso hilfloser steht er dieser unbekannten Situation nun gegenüber. Er soll sich beruhigen, weil Nelly bald weg sein wird, hat sein Bruder gesagt. Ja, bald wird sie weg sein. Aber das flaue Gefühl, das dabei in Mick hochkommt, ist alles andere als beruhigend.

„So, das wäre geschafft!", schnaufend stellt Jennifer den Eimer ab, zieht die Mütze aus und wendet sich dann ihrer Tochter zu. „Ziehst du dir bitte eine frische Hose an? Der Fleck an deinem Hintern stinkt nach Pferdeäpfeln."

Mit einem Satz ist Josefine bei den Treppen angekommen und rennt die Stufen hinauf. „Langsam!", ruft Jennifer ihr hinterher. „Sonst liegst du gleich zum dritten Mal auf der Nase. Für heute reicht es wirklich!" Murrend zischt das Mädchen um die Ecke, und kurz darauf schlägt eine Zimmertür im oberen Stock lautstark ins Schloss.

„Puh!" Genervt rollt Jennifer mit den Augen und deutet vielsagend in die Richtung, in die Josefine soeben verschwunden ist. „Mit der Dame kriege ich in den nächsten Jahren bestimmt eine Menge Spaß."

Lachend schlüpft Maria in ihre Hausschuhe. „Ich hätte da eine Idee, auf wen sie kommt. Du kannst deine Gene nicht verleugnen, meine Liebe." Als sie den missmutigen Blick ihrer Tochter auffängt, legt sie ihr beschwichtigend den Arm um die Schulter. „Ganz im Ernst: Kinder sind von Natur aus wild und müssen sich ausprobieren – in allen Beziehungen. Das auszuhalten, ist unser Job."

Seufzend drückt Jennifer Maria einen Kuss auf die Wange. „Ich weiß, Ma. Manchmal ist es einfach schwer für mich. Wir haben viele nette Freunde, aber die Verantwortung für Josy trage ich am Ende eben immer allein."

„Warum kommt ihr nicht zurück zu uns auf den Hof? Was hält dich in Hamburg? Der Job wäre kein Problem, das weißt du. In Thomas' Praxis kannst du jederzeit anfangen. Und Josy wechselt im Sommer auf eine weiterführende Schule – der Zeitpunkt wäre ideal: Das Kind kann nach dem Unterricht sofort nach Hause kommen und ist nicht mehr auf die Betreuung angewiesen."

Nachdenklich betrachtet Jennifer die hoffnungsvollen Gesichtszüge ihrer Mutter. Nicht, dass sie über diese Möglichkeit nie nachgedacht hätte. Auch wenn sie sich in Hamburg nicht unwohl fühlt, vermisst sie ihre Heimat und den Familienzusammenhalt trotzdem von Jahr zu Jahr ein bisschen mehr. Eigentlich gibt es nur einen Punkt bei der Sache, der ihr wirklich Bauchschmerzen bereitet.

„Jan würde mir die Hölle heiß machen, wenn wir wegziehen."

Maria stößt einen unwirschen Laut aus und rückt ärgerlich ihre Schürze gerade. „Mit welchem Recht sollte er das tun? Wann kümmert er sich denn um sie? Als ihm das Sorgerecht für die Kleine entzogen worden ist, hat er nicht mit der Wimper gezuckt. Aber sein Interesse an Sportwetten ist ja schon immer größer gewesen als das an seiner Tochter."

„Sie sehen sich wirklich so gut wie gar nicht mehr", bestätigt Jennifer betroffen. „Und wenn er eine Verabredung mal nicht vergisst, unternimmt er nichts Sinnvolles mit ihr, sondern schleppt sie nur mit zu seinen zwielichtigen Freunden. Ich lass mir deinen Vorschlag durch den Kopf gehen, okay?"

„Versprochen?"

„Versprochen!"

Nelly schüttelt den Schnee von ihren Stiefeln und stellt sie nebeneinander an die Eingangstür. Die Arbeit mit den Tieren macht Spaß und geht ihr überraschend leicht von der Hand, obwohl es mit ihrem sonstigen Leben nicht viel gemein hat. Nie hätte sie gedacht, wie gut sie sich dabei entspannt – trotz, oder vielleicht gerade wegen der körperlichen Anstrengung. Wann hat sie das letzte Mal an rein gar nichts gedacht und einfach nur abgeschaltet? In der Wohnküche sitzen Maria und Jennifer vertraut beieinander und stecken die Köpfe zusammen.

„Möchten Sie eine Tasse Tee mit uns trinken?",
fragt Maria und stellt eine große Box mit einer beein-
druckenden Anzahl an Teebeuteln auf den Tisch.
Nichts in ihrer Stimme deutet darauf hin, dass Nelly
ein emotionales Mutter-Tochter-Gespräch unterbrochen hat – keiner der beiden gibt ihr das Gefühl, sie
sei ein Fremdkörper in der Gemeinschaft.

„Gerne", antwortet Nelly und greift nach einem
der angebotenen Beutel. Der kleine Zettel an dessen
Schnur gibt Auskunft über die Sorte: „Apfel-Zimt"
steht dort in geschwungener Handschrift. Neugierig
betrachtet Nelly das Etikett. „Ist der Tee etwa auch
selbst gemacht?"

Maria lächelt. „Natürlich. Alles, was möglich ist,
wird selbst hergestellt."

Nelly ist sichtlich beeindruckt, dass es tatsächlich
Menschen gibt, die sich diese Mühe machen, obwohl
es heutzutage alles fix und fertig im Laden gibt. Der
Preis allein kann den Ausschlag nicht geben. Jemand,
der so etwas macht, tut es aus reiner Überzeugung
und vielleicht noch für die langsam verblassende Erinnerung an vergangene Zeiten.

„Der Schneefall hat nachgelassen", stellt Nelly fest.
„Bestimmt wird Ihr Weihnachtsmarkt übermorgen
gut besucht."

„Ihr Wort in Gottes Ohr. Ich habe meine Zweifel,
dass bei diesem Wetter viele Leute kommen werden", antwortet Maria. Sie nimmt ein Stück braunen
Kandiszucker aus einer Keramikschüssel und lässt

ihn langsam in dem dampfenden Teewasser versinken. „Zumindest weiß jeder in den umliegenden Orten Bescheid, und für viele ist unser Markt am Tag vor Heiligabend Tradition geworden. Für mich gehört er jedenfalls dazu wie die Krippe unterm Weihnachtsbaum. Wir verkaufen Gebäck, Lebkuchen und Glühwein, aber auch handgefertigte Bilderrahmen und Strickwaren. Das ganze Jahr über wird gebastelt, gestickt und gestrickt; meine Uroma hat diesen Brauch vor über hundert Jahren ins Leben gerufen. Mit kleinerem Angebot, aber die Grundidee ist dieselbe geblieben." In jeder Silbe schwingt Marias ganzes Herzblut mit, und Nelly verspürt den drängenden Wunsch, in diesem Jahr ein Teil davon zu sein.

„Wenn Sie möchten, können Sie mir nachher bei den letzten Vorbereitungen helfen", sagt Maria – als hätte sie Nellys Gedanken erraten. „Vorher brauche ich aber eine kleine Auszeit. Sie sollten die Füße auch für einen Moment hochlegen, der Tag gestern muss anstrengend für Sie gewesen sein. Lesen Sie gern?"

Nelly nickt. „Ich liebe Bücher! Leider bin ich in den letzten Jahren kaum zum Lesen gekommen, weil meine wenige Freizeit beim Zeichnen draufgeht."

„Ja, so hat jeder sein eigenes Heilmittel gegen den Stress. Vielleicht können Sie mir ja irgendwann ein paar von Ihren Werken zeigen. Ein Atelier kann ich Ihnen natürlich nicht bieten, aber im Anbau gibt es eine Bibliothek", sagt Maria und steht auf.

„Du legst dich hin, Ma. *Ich* zeige ihr den Weg", schaltet Jennifer sich in das Gespräch ein und legt ihrer Mutter fürsorglich die Hand auf die Schulter. „Komm mit, Nelly. Du wirst staunen, wenn du unser Schmuckstück siehst."

Gespannt folgt Nelly ihr durch eine unter der Treppe verborgene Tür, hinter der sich ein langer, fensterloser Gang erstreckt. Schummeriges Licht flackert auf. Im Vergleich zu den restlichen Räumen ist die Decke auffallend niedrig, und auch wenn sie selbst aufrecht stehen kann, fragt Nelly sich unweigerlich, ob das Gleiche für Mick gilt. Bei seiner Körpergröße wird er vermutlich den Kopf beim Laufen einziehen müssen. Feuchtigkeit liegt in der Luft. Der leicht modrige Geruch, der ihr entgegenschlägt, zeugt vom wahren Alter des Gebäudes und treibt ihr einen ehrfürchtigen Schauer über den Rücken. Nach einigen Schritten biegen sie um eine Ecke, dann um eine weitere. Stufen führen auf der rechten Seite in schwarze Tiefe, und Nelly hofft inständig, dass sie dort nicht hinuntergehen muss. Jennifers klares Lachen hallt unerwartet durch das Gemäuer und lässt Nelly erschrocken zusammenfahren.

„Keine Angst, es geht weiter geradeaus. Da unten sind nur die Kellerräume, und die sind so nass, dass sie kaum genutzt werden", erklärt sie. „Selbst für einen Lkw voller Barbiepuppen würde Josy hier nicht alleine durchgehen. Sie nimmt immer den Weg über den Hof, von außen ist nämlich auch ein Zugang zur Bibliothek. Nelly nickt. Der wäre auch ihr wesentlich sympathischer gewesen – Schneetreiben hin oder her.

Nach der nächsten Kurve sind sie endlich am Ziel. Und der Raum, der sich hinter der aufwendig geschnitzten Tür verbirgt, hat den Namen Bibliothek wirklich verdient. Unvermutet weitläufig, spannen sich links und rechts Regale voller Bücher vom Boden hoch bis zu den Deckenbalken. Die zwei in der Mitte stehenden, ausladenden Polstersessel machen einen bequemen Eindruck. Auf der gegenüberliegenden Seite präsentiert sich eine langgezogene Fensterfront, die tagsüber im Normalfall für eine ausreichende Beleuchtung sorgen sollte. Bei dieser düsteren Witterung muss Nelly allerdings zusätzlich auf die Deckenlampe zurückgreifen. Nachdem Jennifer gegangen ist, macht sie sich auf die Suche nach einer geeigneten Lektüre. Die Auswahl ist riesig und reicht vom Unterhaltungsroman bis hin zu schwerer Literatur der vergangenen Jahrhunderte. Der Geruch dieser unzähligen bedruckten Seiten zieht Nelly derart in ihren Bann, dass ihr nicht auffällt, wer die ganze Zeit über unbemerkt hinter dem kleinen Mauervorsprung sitzt.

13

Sonntag, 21. Dezember – am Nachmittag

In den Ohren einiger Leute mag es verrückt klingen: Obwohl der Fortbestand des Lebens in Nellys Beruf häufig von Maschinen abhängt und diese damit ein wahrer Segen für die Menschheit sind, gibt es Bereiche, in denen sie selbst sich der Technik trotzdem standhaft verweigert. Beispielsweise kann kein E-Book der Welt das gleiche Wohlbehagen in ihr hervorrufen wie der Duft eines gedruckten Buches. Für jeden gibt es einen anderen Auslöser, der das Gefühl freisetzt, am richtigen Ort zu sein. Bei dem einen ist es das weite Meer, die Berge, der Wald oder auch eine Kiste voller Videospiele. Bei Nelly dagegen ist es der Anblick eines leeren Blattes Papier und eines Zeichenstifts sowie dieser spezielle Geruch, den ein mit Büchern bestückter Raum verströmt.

Fasziniert schaut sie sich um – voller Respekt vor dem geballten Wissen, das auf diesen Regalböden schlummert und nur auf Entdeckung wartet. Liebevoll fährt sie mit den Fingerkuppen über die Buchrücken der ersten Reihe. Mit leicht schräg gelegtem Kopf begutachtet Nelly Titel für Titel, bis ein leises Rascheln in ihrem Rücken sie aufschreckt. Mit klopfendem Herzen geht sie langsam auf die Stelle zu, aus der das Geräusch gekommen ist, und sieht vorsichtig um die Ecke. Mick! Dort sitzt er in einem braunen Ohrensessel – seine Augen sind geschlossen, und auf seinem Schoß liegt ein aufgeschlagenes Buch. Er muss sich im Schlaf bewegt und diesen Laut ausgelöst haben. Es ist dunkler als im restlichen Zimmer. Der Mauervorsprung fängt die Helligkeit der Deckenlampe weitgehend ab, und auf dem Beistelltisch steht lediglich eine dicke, halb abgebrannte Kerze. Im schummerigen Licht der spärlichen Beleuchtung macht Mick einen so entspannten und friedlichen Eindruck, als hätte er für alle Probleme der Welt mit einem Schlag eine Lösung gefunden. Direkt vor ihm steht ein alter Schemel, der wahrscheinlich die Funktion einer Fußablage erfüllen soll. Da er momentan ungenutzt herumsteht und keine andere Sitzgelegenheit in Sicht ist, lässt Nelly sich kurzerhand darauf nieder. Eingehend betrachtet sie Micks Gesichtszüge, die ihr seltsam vertraut erscheinen, als würde sie ihn bereits seit Jahren kennen. Seine Brust hebt und senkt sich mit beruhigender Gleichmäßigkeit. Am liebsten würde sie sich an ihn lehnen – nur für eine paar Sekunden, nur um herauszufinden, wie es sich anfühlt. Allerdings würde sein stetiger Herzschlag sie womöglich auf der Stelle einnicken lassen. Nelly gähnt. Wenn sie nicht sofort etwas gegen dieses dringende Bedürfnis unternimmt, wird sie Mick in seiner Traumwelt gleich die Hand schütteln. Die Augenlider werden schwer, und bleierne Müdigkeit strömt durch ihren Körper. Energisch strafft Nelly die Schultern und atmet bewusst tief ein und aus, bis der schwache Moment unterbrochen, und sie mit klarem Verstand zurück in der Realität ist. Die aufwühlenden Erlebnisse, seit sie die WG-Wohnung in Köln verlassen hat, haben sie mehr mitgenommen als gedacht.

Ihr Blick fällt auf den Deckel des Buches, das auf Micks Beinen ruht. „A Christmas Carol by Charles Dickens" steht dort in feiner Goldschrift auf rotem Leineneinband geschrieben. Charles Dickens' Weihnachtsgeschichte? Überrascht schürzt Nelly die Lippen und beugt sich tiefer über das Cover. Damit hat sie nicht gerechnet. Micks meist ruppige Art passt mit diesem romantischen Bild so gar nicht überein und wirft mehr als nur eine Frage auf. Nachdenklich richtet Nelly sich wieder auf – und schaut geradewegs in Micks helle Augen, die sie aufmerksam betrachten. Von jetzt auf gleich verweigert ihr Pulsschlag jeglichen Dienst und die Zeit um sie herum steht still. Schweigend sehen sie sich an, bis Nelly ein wohlbekanntes Kribbeln an ihrem Hals verspürt, das sich immer weiter ausbreitet und ihr Gesicht Stück für Stück in tiefrote Farbe tunkt. *Oh, mein Gott! Was habe ich nur getan? Setze mich vor einen wildfremden, schlafenden Mann und starre ihn an, als wäre er ein exotisches Tier.* Sehr schnell wird Nelly klar, dass jedes Ringen um geeignete Worte absolut sinnlos ist. Kurzentschlossen setzt sie deshalb den ersten Plan um, der ihr in den Sinn kommt, und dieser beinhaltet: aufstehen, Buch schnappen, Rückzug antreten! Nicht nobelpreisverdächtig – aber immerhin ein Plan.

„Ich wollte mich gerade hinlegen, und Maria hat mir zu einer Einschlaflektüre geraten", verteidigt sie sich unbeholfen. Wie albern muss sich diese halbherzige Rechtfertigung in seinen Ohren anhören; schließlich sucht sie keinen Lesestoff, sondern sitzt tatenlos neben ihm. Als die Beine ihr endlich wieder gehorchen, springt sie auf und klemmt sich den nächstbesten Schmöker unter den Arm.

In Micks Mundwinkeln zuckt es verräterisch. Er räuspert sich und deutet auf ihre Ausbeute. „Ich glaube kaum, dass Ma damit diese Art von Büchern gemeint hat."

Nichts Gutes ahnend sieht Nelly auf den Titel hinunter. Die Tiere, die das Deckblatt zieren, kommen ihr von ihrem morgendlichen Stallausflug eindeutig bekannt vor. Trotzdem dauert es eine Weile, bis die Buchstabenfolgen in ihr Bewusstsein dringen und einen Sinn ergeben. Mick dürfte mit seiner Vermutung richtig liegen: Einen Ratgeber über das Paarungsverhalten und die Verbesserung der Fruchtbarkeit bei Hausrindern hat Maria sicher nicht gemeint. Wenn ihr vor zwei Minuten jemand gesagt hätte, dass das Rot ihrer Gesichtsfarbe sich noch weiter intensivieren kann, hätte sie ihr gesamtes Hab und Gut dagegengesetzt. Wie war der dritte Punkt ihres Plans? Ach ja: Rückzug antreten – und dafür ist jetzt der perfekte Zeitpunkt.

Nelly will gerade das Weite suchen, da hält Mick ihr seine Weihnachtsgeschichte entgegen. „Sollen wir tauschen?", fragt er schmunzelnd. „Ich bin sowieso fast fertig und mit dem Liebesleben unserer Rinder wollte ich mich schon immer auseinandersetzen ..."

Die Hitze in Nellys Innerem nimmt Anlauf für einen weiteren Schub, doch als ihre Blicke sich treffen und beide unwillkürlich schmunzeln, ebbt die Verlegenheit langsam wieder ab.

„Meine Mum hat mir als Kind Charles Dickens vorgelesen", sagt sie. „Aber das ist ewig her."

„Bei mir war es genauso. Und heutzutage knöpfe ich mir das Buch jedes Jahr um die Weihnachtszeit wieder aufs Neue vor."

„Das ist ... ein schönes Ritual."

„Ja, das ist es. Und es ruft einem in Erinnerung, was im Leben wirklich wichtig ist."

Irgendetwas sagt Nelly, dass es besser wäre, jetzt zu gehen – auch wenn sie viel lieber bleiben und sich weiter mit Mick über Gott und die Welt unterhalten würde. Doch mit jeder Minute schleicht er sich ein Stück tiefer in ihr Herz, und Nelly ist sich nicht sicher, ob sie das wirklich zulassen will.

„Danke für den Tausch", sagt sie deshalb. „Dann will ich mal los, sonst komme ich über die ersten zehn Seiten nicht mehr hinaus."

Mick nickt. „Viel Spaß dabei!" Bedeutungsvoll tippt er auf die gefleckten Kühe auf seinem Buchdeckel. „Ich habe heute auch noch einiges vor."

Hinter der Tür stößt Nelly beinahe mit Larissa zusammen. Die blonde Nachbarin ist ein ganzes Stück größer als sie selbst und schaut nun, wo sie einander gegenüberstehen, skeptisch zu ihr hinunter. Sie ist hübsch, das kann niemand verleugnen, und getan hat sie ihr auch nichts. Dennoch schlagen Nellys Sinne jedes Mal Alarm, wenn sie auftaucht. Eindeutig festmachen kann sie nicht, was das Problem mit dieser Frau ist. Aber *dass* es eines gibt, ist klar.

„Was machst du denn hier?", fragt Larissa mit deutlich misstrauischem Unterton.

„Ein Buch ausleihen", gibt Nelly einsilbig zurück und drängt sich an ihr vorbei in den feuchten Kellergang. Nie hätte sie gedacht, dass es einen Zeitpunkt geben wird, an dem sie es gar nicht abwarten kann, allein durch diese Gewölbe zu wandeln.

„Warte mal!", ruft Larissa ihr hinterher. „Ist das nicht die Weihnachtsgeschichte? Die gehört Mick – er liest sie jedes Jahr in der Vorweihnachtszeit."

„Das weiß ich. Er hat sie mir gegeben."

Larissas Augen verengen sich zu kleinen Schlitzen. „Er hat sie dir gegeben?", wiederholt sie Nellys Worte ungläubig. Die Überraschung in ihrer Stimme zeugt davon, dass ihr diese Ehre bisher nicht vergönnt war.

„Ja, hat er, und ich muss jetzt gehen. Wir sehen uns später."

„Ist Mick in der Bibliothek?"

Nelly bleibt stehen. Beinahe erliegt sie der Versuchung, Larissas Frage zu verneinen, verwirft diese Überlegung dann aber wieder. Mit ihren unbedachten Äußerungen hat sie sich in den letzten Stunden oft genug in die Nesseln gesetzt. Behauptet sie nun, er sei nicht mehr dort, und Larissa sieht nach, wäre die nächste höchst unangenehme Situation vorprogrammiert. Deshalb deutet Nelly lediglich ein kurzes Nicken an und geht. In ihrem Rücken fällt die Bibliothekstür ins Schloss und besiegelt die Tatsache, dass diese unmögliche Person nun ihren Platz auf dem Schemel einnehmen wird.

Das Gästebett ist bequem, die Decke kuschelig, die Matratze nicht zu hart und nicht zu weich – eigentlich die ideale Voraussetzung zur Entspannung, doch davon ist Nelly Lichtjahre entfernt. So sehr sie sich auch auf die Geschichte konzentriert, ihre Gedanken schweifen immer wieder ab: Was Mick und Larissa in der Bibliothek wohl gerade machen? Unterhalten sie sich? Lesen sie gemeinsam? Oder … Nein! Mehr ist da nicht. Mehr kann und darf einfach nicht sein!

Nach einer guten halben Stunde gibt sie den Kampf gegen ihre innere Unruhe schließlich auf. Sie legt das Buch beiseite und geht hinunter ins Erdgeschoss, wo Maria bereits mit den Vorbereitungen für den Weihnachtsmarkt beschäftigt ist. Hölzerne Weinkisten voller Marmeladengläser und Kartons mit kunterbunten Strickwaren füllen den Tisch. Auf der Küchenablage liegt ein großer Berg an Kartoffeln. Demnach lässt das Abendessen ebenfalls nicht mehr lange auf sich warten.

„Kann ich helfen?", fragt Nelly und wirft einen interessierten Blick in die erste geöffnete Box.

„Natürlich. Die Mützen müssen auf diese Haken hier geklemmt werden. Wir hängen sie links und recht an die Decke unseres Ausstellungsstands."

Während Nelly sich an die Arbeit macht, öffnet Maria die restlichen Kartons und befördert die unterschiedlichsten Bastelarbeiten zu Tage.

„Konnten Sie sich ein wenig ausruhen, Liebes?", erkundigt Maria sich. „Sie sind etwas blass um die Nase, wenn ich das so sagen darf."

„Mick hat mir die Weihnachtsgeschichte von Charles Dickens ausgeliehen, damit habe ich mich dann aufs Bett gelegt. Also, auf das Bett im Gästezimmer, meine ich ..."

„Mmh, verstehe", antwortet Maria mit einem Ausdruck, der in Nelly umgehend Hitzewallungen auslöst. Sie redet sich in diesem Haus noch um Kopf und Kragen! Dass verzweifelte Erklärungsversuche die Sache nicht besser machen, hat sie inzwischen gelernt. Also bleibt nur die Flucht in den nächsten Themenwechsel.

„Das sind wirklich wunderschöne Bilderrahmen." Fasziniert fährt Nelly über die bunte Glasfläche der Einfassung. „Es sieht fast so aus, als würden die Ornamente ein Eigenleben führen."

„Das ist eine spezielle Technik der Glasmalerei. Meine Großmutter hat sie mir beigebracht, und bei den Kunden kommen die Werke gut an. Dieses hier zum Beispiel hat es Mick besonders angetan", sagt sie und deutet auf einen kleinen Rahmen mit eher schlichter, leuchtend-blauer Verzierung.

„Ja, der hat wirklich etwas Besonderes. Ich weiß, der Markt hat noch gar nicht angefangen, aber kann ich ihn vielleicht trotzdem schon kaufen?"

„Wenn Sie ihn haben möchten ..."

„Auf jeden Fall. Ich gehe eben mein Geld holen."

„Vergessen Sie das Geld. Betrachten Sie es als Gastgeschenk – als kleines Andenken an uns."

Bei diesen nett gemeinten Worten schlägt Nelly die Erinnerung daran, dass sie lediglich Gast auf diesem Hof ist, wie eine Ohrfeige ins Gesicht. Ja, sie ist ein Gast – nicht mehr und nicht weniger. Ihr Unterbewusstsein hat diese Tatsache vorübergehend komplett verdrängt, umso schmerzlicher ist nun die plötzliche Rückkehr dieser Erkenntnis.

Nelly schluckt. „Sie haben meinetwegen so viel Aufwand, Maria. Da kann ich nicht auch noch Geschenke annehmen. Bitte lassen Sie mich den Rahmen bezahlen."

Maria bedenkt Nelly mit einem Blick, der jeden Aufrührer zum Schweigen bringen würde. In den liebevollen Glanz ihrer Augen mischt sich eine Überzeugungskraft, die keiner Worte bedarf und ebenso wenig Widerspruch duldet.

„Natürlich können Sie das annehmen! Und der Aufwand, wie Sie es nennen, macht mir mehr Freude als Sie sich vorstellen können. Bleiben Sie ruhig solange Sie mögen; momentan gibt es sowieso kein Entkommen aus unserem Dorf. Ein Freund von uns hat einen kleinen Schneepflug. Wenn Sie es mit uns gar nicht mehr aushalten, kann Daniel Sie damit fahren, wohin Sie wollen. Machen Sie sich also keine Gedanken."

Aber Nelly macht sich Gedanken. So wohl sie sich hier auch fühlt: Morgen Nachmittag ist ihr Vorstellungsgespräch, und bisher könnte sie ohne Telefon nicht einmal absagen und um einen Ersatztermin bitten. Irgendjemand in diesem Ort muss doch Empfang auf dem Handy oder einen funktionierenden Festanschluss haben. Bevor Nelly dieses Problem ansprechen kann, stürzt Josefine herein.

„Weißt du, wo Mama ist?", fragt sie atemlos.

„Wahrscheinlich in den Ställen. Was ist denn los? Du bist ja ganz aufgewühlt", antwortet Maria und streicht ihr besorgt über den blonden Schopf.

„Ich will ein Bild für Papa malen und kriege Jacky einfach nicht hin. Guck mal", ruft sie verzweifelt und hält ein Blatt Papier mit einem Wesen hoch, das zwar vier Beine hat, ansonsten allerdings mehr Ähnlichkeit mit einer Schweine-Waschbär-Mischung als mit einem Hund.

„Na, das klingt wirklich nach einem Notfall", bemerkt Nelly und legt ihr den Arm um die Schulter. „Lass uns in dein Zimmer gehen, dann zeig ich dir wie's geht. Dein Papa wird sich bestimmt sehr über deine Zeichnung freuen."

Auf der Schwelle bleibt Nelly zögernd stehen und sieht Maria an. „Danke … für alles", sagt sie.

„Ich danke Ihnen, mein Kind. Sie sind eine größere Bereicherung für einige Personen in diesem Haus als Sie glauben."

14

Sonntag, 21. Dezember – am frühen Abend

„Fred, Anton, wie schön, dass ihr da seid!" Maria legt das Schälmesser beiseite und nimmt die beiden mit ausgebreiteten Armen in Empfang. „Ihr kommt gerade richtig. In einer Viertelstunde ist das Essen fertig." Liebevoll drückt Fred die zierliche Bäuerin an sich und gibt ihr einen Kuss auf die Wange. Seit seine Mutter vor vielen Jahren gestorben ist, war Maria immer für ihn da. Auch wenn sein Vater alles in seiner Macht stehende getan hat, um die entstandene Lücke zu füllen, konnte er seinem Sohn eine weibliche Bezugsperson trotzdem nie ganz ersetzen.

„Setz dich, Anton", fordert Maria Freds Vater auf, der sich sichtlich angestrengt auf seinen Gehstock stützt. „Wie hast du es durch den hohen Schnee überhaupt bis hierher geschafft?"

„Ehrlich gesagt weiß ich das selbst nicht so genau. Fred entwickelt ungeahnte Kräfte – er hat mich beinahe getragen", antwortet Anton mit einem schiefen Grinsen, doch das Pfeifen auf seiner Lunge verrät die wahre Anstrengung, die ihn der Weg gekostet hat.

„Schön, dass ihr es geschafft habt und uns heute beim Abendessen Gesellschaft leistet."

„Danke für die Einladung, Maria. Eine Stärkung kann ich gut gebrauchen", bekräftigt Fred und fährt sich mit der Hand über seine verschwitzte Stirn. „Die Strecke laufen wir normalerweise in fünf Minuten, aber heute hat es fast eine halbe Stunde gedauert."

„Meine grünen Klöße brauchen noch ein paar Minuten. Vielleicht könntest du in der Zeit nachsehen, wo Jenny ist? Die anderen müssten gleich kommen, aber sie habe ich seit Stunden nicht mehr gesehen", bittet Maria ihren Ziehsohn mit unschuldigem Augenaufschlag. Sie weiß genau um seine Zuneigung zu ihrer Tochter und hat die Hoffnung nie ganz aufgegeben, dass aus den beiden irgendwann ein Paar wird.

„Grüne Klöße?", ruft Nelly erfreut, die Marias letzten Satz mitbekommen hat. „Meine Oma aus dem Vogtland hat früher immer welche gemacht, wenn wir sie besucht haben – da kommen die Klöße ursprünglich her, oder?"

„So ist es, mein Kind", bestätigt Maria. „Dann hoffe ich, dass ich an die Kochkünste Ihrer Oma heranreiche."

„Ganz bestimmt! Ich habe ewig keine mehr gegessen."

„Sie haben bisher nicht viel von sich erzählt. Außer der haarsträubenden Geschichte, wie Sie bei uns gestrandet sind, weiß ich kaum etwas über Sie. Wohnen Sie in der Nähe?", fragt Maria, während sie mit der Gabel in einen der Kartoffelballen sticht und dessen Konsistenz testet.

„Nein, zurzeit wohne ich in Köln und arbeite im Krankenhaus. Ich bin nur in der Gegend, weil ich morgen ein Vorstellungsgespräch in Freiburg habe."

„Sie arbeiten in einem Krankenhaus? Was machen Sie dort?"

„Ich bin in der Facharztweiterbildung", antwortet Nelly zögernd. Warum betrachtet jeder in dieser Familie sie wie einen präparierten Schmetterling, der zu Anschauungszwecken auf eine Nadel gespießt wurde und nun in der Mitte einer Tafel steckt, sobald sie ihren Beruf erwähnt? Selbst Marias Verhalten ist keine Ausnahme, obwohl Nelly solch eine Reaktion von ihr am wenigsten erwartet hat.

„Und Ihre Eltern, Liebes?", fragt Maria weiter. „Wohnen sie auch in Köln?"

„Nein, mein Dad ist schon vor langer Zeit gestorben. Er war amerikanischer Berufssoldat und damals in den 'Coleman Barracks' stationiert", erzählt Nelly bereitwillig. „Das ist eine US-Kaserne im Norden von Mannheim. Da hat er meine Mum kennengelernt. Nach seinem Tod sind wir nach Weinsberg gezogen, und dort wohnt sie bis heute. Dieses Jahr wollen wir die Feiertage zusammen verbringen; seit ich in Köln arbeite, sehen wir uns viel zu selten."

Maria nickt verständnisvoll. „Ja, die Familie ist sehr wichtig. Meine Verwandten hätte ich am liebsten von morgens bis abends um mich, und das an jedem Tag im Jahr."

Mittlerweile ist auch Daniel in der Küche angekommen. Als sie seinen leicht gequälten Gesichtsausdruck bemerkt, bricht ein herzliches Lachen aus ihr heraus. „Ja, ja", fügt sie hinzu. „Ich weiß, dass ich meist eine fürchterliche Glucke bin. Aber ich kann einfach nicht aus meiner Haut."

„Und wir sind sehr froh, dass du so bist, Ma! Ohne dich wären wir gar nicht überlebensfähig", sagt Daniel daraufhin und tätschelt ihr liebevoll den Handrücken.

Bei diesem Anblick wird Nelly warm ums Herz. Etwas Vergleichbares hat sie bisher nicht kennengelernt. Sie selbst ist ohne Geschwister aufgewachsen, und ihre restliche, sehr überschaubare Verwandtschaft, wohnt in Norfolk, der Heimatstadt ihres Vaters in Nebraska. Viel zu weit entfernt für solch intensiven Kontakt wie sie ihn hier, in diesem kleinen Ort, nun hautnah miterlebt. Inzwischen haben sich auch die restlichen Familienmitglieder um den Esstisch versammelt. Nur von Jennifer und Fred fehlt jede Spur.

„Jen?", ruft Fred und klopft an ihre Zimmertür. „Kommst du runter? Das Essen ist fertig." Einen Moment lang hält er inne und wartet. „Jen? Ist alles okay bei dir?"

Ein leises Schluchzen dringt aus dem Raum. „Ja, ich komme gleich", ertönt kurz darauf Jennifers erstickte Stimme.

Fred schluckt den Kloß in seinem Hals hinunter. Schon früher konnte er nur schwer mit ansehen, wenn sie unglücklich war. „Darf ich reinkommen?"

„Ja, die Tür ist offen." Dass jemand sie in diesem

Zustand sieht, ist eigentlich das Letzte, was sie möchte. Der Drang, von Fred in den Arm genommen und getröstet zu werden, überwiegt jedoch um ein Vielfaches. Bereits als kleines Mädchen hat sie sich an ihn gelehnt, wenn sie traurig war oder Angst hatte. Und sobald er sie mit seinen sanften, hellbraunen Augen angesehen hat, war sie sicher, dass ihr niemand mehr etwas anhaben kann.

Als er nun den Raum betritt, platzt vor lauter Erleichterung ein lautes Schniefen aus ihr heraus. Erschrocken hält sie sich die Hand vor den Mund und weicht seinem Blick aus, indem sie die knorrigen Äste der Eiche auf dem Ölgemälde an der Wand fixiert.

„Hey", sagt Fred liebevoll und setzt sich neben sie auf die Bettkante. „Was ist denn los?"

Zu dem Schniefen gesellt sich ein Schluckauf, der jedes Wort noch schwieriger erscheinen lässt als es ohnehin ist. „Es ist wegen Jan und Josy", antwortet Jennifer schluchzend. „Er interessiert sich überhaupt nicht mehr für sie. Josy leidet darunter, das merke ich immer deutlicher, auch wenn sie es nicht zugibt. Letztens ist sie in Tränen ausgebrochen, weil er ihr gemaltes Bild gar nicht angesehen, sondern direkt in eine seiner Kramschubladen versenkt hat. Heute hat sie ihm wieder eins gemalt und war danach völlig aufgelöst, weil es nicht genauso geworden ist wie sie es sich vorgestellt hat. Sie hat gesagt, es muss unbedingt besser werden, damit es ihm dieses Mal gefällt. Josy setzt sich schrecklich unter Druck, und trotzdem wird es nie gut genug für Jan sein, weil es ihm einfach total egal ist. Das macht mich echt fertig – sie kriegt einfach keine faire Chance von ihm, und ich weiß nicht, was ich dagegen tun kann. Ma sagt, wir sollen zurück auf den Hof kommen. Mittlerweile glaube ich, dass es wirklich das Beste wäre. Für Josy und für mich. Trotzdem habe ich ein schlechtes Gefühl, wenn ich die übrig gebliebene Beziehung zwischen den beiden vollständig kappe. Eins ist klar: Wenn wir aus Hamburg wegziehen, werden sie sich gar nicht mehr sehen. Die Terminplanung ist jetzt schon eine Katastrophe, wo wir nur ein paar Straßen voneinander entfernt wohnen."

Nachdenklich sieht Fred sie an. „Okay, ich werde versuchen, die Sache einigermaßen objektiv zu betrachten, obwohl ich das absolut nicht bin – das weißt du. Ich habe nie gut gefunden, wie er euch behandelt. Aber du bist eine erwachsene Frau, und letztlich ist es deine Entscheidung, wie du leben willst. Nur Josy kann noch nicht für sich selbst entscheiden. Wenn du sagst, sie leidet unter der Situation, dann ist Abstand für sie wahrscheinlich die beste Lösung. Und das heißt nicht, dass sie ihren Vater nicht mehr sehen soll. Schließlich gibt es Schulferien. Sie liebt deine Eltern, sie liebt den Hof und findet mit Sicherheit sehr schnell neue Freunde. Sie wird hier glücklich sein. Und du hast dich auch nie vollständig lösen können, oder? Ein Teil von dir ist immer bei uns geblieben." Jennifers Reaktion spricht dafür, dass Fred damit mitten ins Schwarze getroffen hat. Ihr Körper bebt unkontrolliert und beruhigt sich erst wieder, als er sie fest in den Arm nimmt.

„Du hast recht", presst sie zwischen zwei Schluchzern heraus. „Ich will zurück. Ich hab soviel gesehen, soviel ausprobiert und auch soviel Mist gemacht – damit muss jetzt Schluss sein!"

Behutsam streicht Fred ihr eine Haarsträhne hinters Ohr und lächelt sie verständnisvoll an. In seinen Augen spiegelt sich eine Mischung aus Hoffnung und Melancholie wider. Er weiß, dass er das, was er am meisten begehrt, nie wirklich besitzen wird. „Auf Dauer wirst du nicht bleiben, Jen", sagt er mit belegter Stimme. „Dafür liebst du deine Freiheit und das Abenteuer viel zu sehr. Komm zurück, ruh dich aus und tanke neue Kraft. Irgendwann, wenn Josy auf eigenen Beinen steht, bleibt dir genug Zeit, um die Welt auf den Kopf zu stellen."

„Wenn ich es dann überhaupt noch will", antwortet Jennifer und blickt Fred geradewegs ins Gesicht. Sie sitzen nah beieinander, genauso wie unzählige Male zuvor. Aber heute verändert die Atmosphäre sich spürbar, und eine deutliche Anspannung erfüllt die Luft. Vertraute Zuneigung weicht für den Bruchteil einer Sekunde einem tieferen Gefühl. Beide spüren es, doch keiner lässt es zu.

„Wir sollten gehen, Jen", flüstert Fred in bedenklich heiserem Tonfall und wendet sich abrupt von ihr ab.

„Ja, das sollten wir", stimmt Jennifer leise zu, steht auf und zupft umständlich ihren Pullover zurecht. Mit jeder Menge unausgesprochener Fragen im Gepäck, machen sie sich gemeinsam auf den Weg zum Abendessen.

15

„Da seid ihr ja endlich", ruft Daniel. „Ich hab schon mal angefangen, bevor alles kalt wird."

Maria sieht ihren Sohn tadelnd an. „So schnell wird hier nichts kalt. Du konntest es nur keine fünf Minuten mehr abwarten", sagt sie und wirft den beiden Neuankömmlingen einen entschuldigenden Blick zu. „Ihr kennt ihn – Geduld war noch nie seine Stärke."

„Kein Problem", antwortet Fred. „Ob kalt oder warm, ich hab jedenfalls einen Mordshunger."

Schweigend setzt Jennifer sich neben ihn und nimmt aus den Augenwinkeln sehr wohl wahr, dass ihre Mutter Fred und sie forschend mustert. Mühsam lenkt Jennifer ihre Konzentration auf die Schüssel mit den Rouladen. Kein Mensch auf dieser Welt kann sich so gut verstellen, dass Maria Brandler es nicht bemerkt – das war als Kind schon mehr als ärgerlich, und jetzt ist diese Eigenschaft ebenfalls nicht sehr hilfreich.

Währenddessen betrachtet Nelly verwundert die Klöße auf ihrem Teller.

„Alles in Ordnung mit deinem Essen?", fragt Mick und beobachtet, wie sie das erste Stück auf ihre Gabel spießt.

„Schon, nur die Farbe ist etwas … überraschend. Sie sind tatsächlich grün."

„Deshalb heißen sie wohl auch grüne Klöße, vermute ich", antwortet Mick amüsiert.

„Bei uns sind sie immer hell gewesen", flüstert Nelly und räuspert sich.

„Ma macht sie komplett aus rohen Kartoffeln, dadurch werden sie grünlich. Mischt man gekochte Kartoffeln bei, werden sie weiß-gelb. So hat sie es uns zumindest erklärt. Sie ist der Meinung, dass es nur mit dieser Farbe *richtige* Klöße sind. Du kannst sie gerne vom Gegenteil überzeugen", flüstert Mick belustigt zurück.

Nelly schiebt sich das erste Stück in den Mund. „Wow, die sind göttlich!", ruft sie aus und schließt genüsslich die Augen. „Daran sollte wirklich niemand etwas ändern."

Auf dem Flur fällt etwas um, und kurz darauf holt ein leises Fluchen Nelly jäh aus ihrer Begeisterung. Die hohe Stimmlage schlägt ihr sofort auf den Magen. Darauf, dass Larissa ebenfalls zum Abendessen kommt, ist Nelly nicht vorbereitet. Obwohl sie es sich eigentlich hätte denken können: Für wen sollte der eingedeckte, aber unbesetzte Platz sonst bestimmt sein? Offensichtlich handelt es sich nicht nur um irgendeine Nachbarin, sondern um eine enge Freundin der Familie – warum, wird ihr wohl ein ewiges Rätsel bleiben. Mit einer großen Plastikbox bewaffnet betritt Larissa kurz darauf die Stube. Der Hüftschwung ist beachtlich, mit dem sie die Kiste durch die Küche trägt. Allem Anschein nach verwechselt sie die knarrenden Holzdielen mit einem schillernden Pariser Laufsteg.

„Ich bin spät dran – tut mir leid. Dafür ist das Dessert besonders gut gelungen!" Vorsichtig packt sie zehn, mit einer Mousse gefüllte Glasschalen aus und stellt sie nebeneinander auf die Ablage.

„Danke für die Hilfe", sagt Maria.

„Hab ich gern gemacht", antwortet Larissa und lässt dabei ihre weißen Zähne blitzen. „Du hattest schon genug Arbeit mit dem Essen, das übrigens wunderbar duftet!"

Innerlich rollt Nelly mit den Augen. Bei jedem anderen würden die lobenden Worte nett und höflich klingen, aber diese Frau schafft es, dass sich alles, was sie sagt, unehrlich anhört. Nachdem die letzten Reste vertilgt sind, balanciert Larissa die Schälchen quer durch den Raum und stellt jedem eines davon an den Platz.

„Sieht gut aus, was ist das?", fragt Jennifer und schiebt sich ein bisschen davon in den Mund.

„Mandarinen-Konfitüre auf Vanillemousse. Nicht schlecht, oder? Alles selbst gemacht."

„Ich wusste gar nicht, dass du so was kannst", sagt Mick verwundert und probiert ebenfalls davon.

Soviel zum Thema, dass sie alles übereinander wissen, denkt Nelly mit einer nicht unerheblichen Spur Erleichterung. *Wenn er nicht mal eine Ahnung davon hat, dass sie in der Lage ist, einen Nachtisch zuzubereiten, kann es mit dem Rest auch nicht so weit her sein.*

Nach dem ersten Bissen muss sie verblüfft feststellen, dass es, entgegen ihrer Erwartungen, ganz gut schmeckt – intensiv, aber gut. Schweigend löffelt sie den Rest in sich hinein und lauscht dabei andächtig den angeregten Unterhaltungen der anderen.

Nelly bemerkt nicht, wie die Zeit verstreicht, wie die Gespräche um sie herum immer leiser und undeutlicher werden, bis sie schließlich vollständig ineinander verschwimmen. Die anfangs nur leichten Kopfschmerzen verwandeln sich in einen wummernden Donnerschlag, und die Zunge klebt dick und pelzig an ihrem Gaumen. Sie will etwas sagen, will irgendwie auf sich aufmerksam machen, doch ihr Körper gehorcht nicht mehr. Panik steigt in ihr auf. Sie sieht Micks erschrockenes Gesicht, das Stück für Stück in völlige Dunkelheit abtaucht, als würde jemand nach der Theatervorstellung den Vorhang zuziehen. Weit entfernt hört sie ihn nach seinem Arztkoffer rufen, kann den Sinn hinter diesen Worten aber nicht erfassen. Irgendetwas packt sie und zieht sie vom Stuhl herunter. Der Boden kommt näher, und ein stechender Schmerz durchzuckt ihren rechten Arm, während eine vertraute Stimme ihr einflüstert, dass alles gut werden wird. Doch statt gut wird einfach alles nur schwarz. Die Finsternis trägt sie fort. Fort von dem Hof, fort von den liebgewonnenen Menschen, fort in die ungewisse Tiefe der Bewusstlosigkeit.

„Nelly? Nelly! Hörst du mich?" Entsetzt starrt Mick auf die roten Flecken, die sich auf Nellys Haut bilden und immer weiter ausbreiten.

Mit großen Augen sieht sie ihn an – pure Angst flackert ihm entgegen. Während alle anderen am Tisch nach und nach verwundert zu ihr hinübersehen, realisiert Mick in Sekundenschnelle, dass das, was hier vorgeht, kein Scherz ist. Mit einem Satz springt er auf, schiebt mit einer energischen Handbewegung alle im Weg stehenden Stühle beiseite und packt Nelly unter den Armen. Mit geübtem Griff legt er sie flach auf den Boden und platziert ihre Beine auf seinen Oberschenkeln.

„Holt sofort meinen Arztkoffer", schreit er in die Stille hinein. „Larissa, lauf in eure Apotheke und hol mir Adrenalin, Vasopressin und eine Elektrolytlösung. Den Rest hab ich hier."

„Aber ...", setzt Larissa an.

„Geh! Beeil dich!", fährt Mick ihr ungehalten über den Mund. Endlich erfasst auch sie den Ernst der Lage und rennt los.

Prüfend drückt Mick drei seiner Finger auf die Haut oberhalb des Handgelenks und sucht nach ihrem Pulsschlag. Nellys Blick wird immer glasiger und sie ringt verzweifelt nach Luft. *Der Hals schwillt zu! Wo bleibt mein gottverdammter Koffer?* Micks Gedanken überschlagen sich, und es kostet ihn unbeschreibliche Kraft, in dieser Situation professionell zu bleiben. *Gott, bitte tu mir das nicht noch mal an, nicht bei ihr! Ich hab sie doch gerade erst kennengelernt – nimm sie mir nicht wieder weg!*

Fred nimmt Micks Platz ein und sorgt dafür, dass Nellys Füße weiterhin in erhöhter Position lagern, damit sein Freund die Hände für die nötigen Sofortmaßnahmen frei hat. Jennifer kommt mit dem Arztkoffer durch die Tür gerannt, und Mick öffnet mit fliegenden Fingern die Verschlüsse, woraufhin diese mit einem lauten Klacken aufspringen. Er greift nach seiner Lampe und richtet den Lichtstrahl auf Nellys Pupillen, um deren Reflexe zu testen. *Sie verliert das Bewusstsein! Wir brauchen das Adrenalin! Sofort!*

Schnell schält er die Kanüle für den Venenzugang aus der sterilen Verpackung, schnürt die Blutzufuhr des Oberarms ab und sticht die Nadel gekonnt in die hervortretende Ader ihrer Armbeuge. Die erste Ladung eines Antihistaminikums sowie eines weiteren Mittels, das die allergische Überreaktion in Nellys Körper bremsen soll, macht sich auf den Weg in ihren Blutkreislauf. Anschließend stülpt Mick einen dünnen, durchsichtigen Schlauch über die Öffnung der kleinen Sauerstoffflasche und legt Nelly die zugehörige Maske vorsichtig über Mund und Nase. Zunehmend nervös sieht er zur Eingangstür, dann beugt er sich tief zu Nelly hinunter, bis sein Mund beinahe ihr rechtes Ohr berührt.

„Alles wird wieder gut, hörst du? Das verspreche ich dir", flüstert er und stößt einen angestrengten Seufzer aus, als Larissa mit den Medikamenten hereingestürzt kommt und sie neben Mick auf den Boden stellt. Er schiebt Nellys Hosenbein so weit wie möglich nach oben, zieht 0,3 Milligramm Adrenalin auf und stößt ihr die Spritze ohne zu zögern seitlich in den Oberschenkelmuskel. Erst nachdem er auch den Beutel mit der Elektrolytlösung sorgfältig angeschlossen und ihre Pupillenreaktion sowie den Pulsschlag nochmals überprüft hat, nimmt er die anderen Personen im Raum wieder wahr. Als er aufblickt, sieht er in acht sichtlich schockierte Augenpaare, die ihn wortlos anstarren.

„Was … was ist mir ihr?", findet Josefine als Erste ihre Sprache wieder.

„Ein anaphylaktischer Schock. Wahrscheinlich ausgelöst durch eine Lebensmittelallergie", erklärt Mick.

„*Das* passiert, wenn man gegen etwas allergisch ist?", fragt Josefine und schaut entsetzt auf Nelly hinunter.

„Nicht immer. Das ist bei jedem unterschiedlich. Einige Allergiker haben nur leichte Beschwerden, und bei anderen wird es richtig gefährlich."

„Heute früh hat sie eine leichte Sellerie-Überempfindlichkeit erwähnt", erinnert sich Maria. „Aber sie war nicht sicher, ob die Allergie noch aktiv ist, weil sie den Kontakt damit immer vermieden hat."

Mick nickt. „Sellerie ist einer der häufigsten Auslöser bei Lebensmittelallergien, das ist allgemein bekannt. Können Spuren davon im Abendessen gewesen sein?"

170

„Natürlich nicht!", antwortet seine Mutter und schüttelt entschieden den Kopf.

Umgehend richtet sich alle Aufmerksamkeit auf Larissa und den selbst kreierten Nachtisch. Ihr Teint kommt der Farbe von Marias weißen Stoffservietten mittlerweile gefährlich nahe.

„Ich hab nichts davon gewusst!", ruft sie empört und hebt abwehrend ihre Hände in die Luft.

„Nein, ich hätte gemerkt, wenn Sellerie in der Mousse gewesen wäre", sagt Jennifer. „Oder, Ma? Das schmeckt man doch."

Maria nickt. „Ja, das hätten wir auf jeden Fall herausgeschmeckt."

Trotz dieser Bestätigungen lässt Mick nicht locker. Misstrauisch mustert er Larissa. „Jetzt ist keine Zeit für Spielchen", sagt er bestimmt. „Hier geht es um die Gesundheit eines Menschen! Letzte Chance: War Sellerie – in welcher Form auch immer – in Nellys Dessert?"

Nervös tritt Larissa von einem Bein aufs andere, und es ist förmlich zu sehen, wie es in ihrem Kopf auf Hochtouren arbeitet. Schließlich senkt sie den Blick und deutet ein leichtes Nicken an.

„Ist das ein *ja*?", vergewissert Mick sich, mühsam um Fassung ringend.

„Ich wollte nicht, dass ihr was passiert", flüstert Larissa, und ihre Augen füllen sich mit Tränen. „Sie hat gesagt, es wäre nur ein leichter Ausschlag, mehr nicht. Wenn ich gewusst hätte ..."

171

„Du hast von der Allergie *gewusst* und ihr das Kraut trotzdem untergemischt? Das kann nicht dein Ernst sein!" Beängstigend ruhig sieht er zu ihr auf, wie sie zusammengesunken dasteht und sich duckt wie ein geprügelter Hund.

„Sicher hat Nelly keine Ahnung, wie Sellerie überhaupt schmeckt. Sie war damals noch sehr klein und hat es seitdem nicht mehr angerührt", bemerkt Maria und sieht die Nachbarstochter fassungslos an.

„Dann hast du es nur in Nellys Schale gemischt? Damit wir anderen es nicht bemerken und sie warnen können?" Micks Gesicht verfärbt sich bedenklich rot – lange wird er sich nicht mehr zusammenreißen können, und was dann passiert, ist für niemanden absehbar. Das bemerkt auch Jennifer, deshalb geht sie zu Larissa hinüber.

„Ich glaube, es ist besser, wenn du jetzt gehst. Hier kannst du im Moment nichts mehr tun", sagt sie und schiebt die junge Frau, von deren Arroganz nichts mehr übrig ist, in Richtung Ausgang. Anstandslos lässt sie sich hinausdirigieren, dreht sich auf dem Treppenabsatz aber noch einmal herum.

„Es tut mir so leid, Jenny. Das hab ich wirklich nicht gewollt. Sagst du mir später Bescheid, wie es ihr geht?"

„Mach ich. Mit deiner Entschuldigung bist du bei mir allerdings an der falschen Adresse. Bei Nelly musst du zu Kreuze kriechen, wenn sie sich erholt hat. Was hast du dir dabei bloß gedacht? Bete zu

Gott, dass sie nichts zurückbehält!" Mit diesen Worten schließt Jennifer die Tür und kehrt zu den anderen in die Stube zurück.

16

Sonntag, 21. Dezember – am Abend

Leise Stimmen flirren durch die Luft, und der schwarze Vorhang gibt erste, bruchstückhafte Bilder frei. In Nellys Schädel brummt es wie in einem Bienenstock. Ihre Augenlider zittern, und von den Menschen um sie herum sind lediglich verschwommene Konturen erkennbar. Stöhnend greift sie sich an den Kopf. Ein dünner Schlauch folgt ihrer Bewegung, dessen Ende auf einer Nadel steckt, die wiederum in ihrer Armbeuge verschwindet. Der mühsame Versuch, sich aufzusetzen, wird durch das massive Schwindelgefühl bereits im Keim erstickt. *Ist mir übel! Was ist bloß passiert? Warum sitze ich nicht mehr auf meinem Stuhl, sondern liege mit einer Sauerstoffmaske auf dem Gesicht am Boden?*

Ein Raunen geht durch den Raum, als alle Anwesenden bemerken, dass Nelly bei Bewusstsein ist. Eine kühle Hand legt sich auf ihre Stirn, gefolgt von der dunklen Stimme, die sie unter tausenden wiedererkennen würde.

„Du hattest einen allergischen Schock", sagt Mick sanft. „Aber Kreislauf und Blutdruck stabilisieren sich langsam wieder. Ich bringe dich jetzt auf dein Zimmer. Fred, nimmst du bitte den Beutel vom Tropf und läufst damit neben uns her?"

Nelly will protestieren, doch seine Arme sind schon auf ihrem Rücken und in den Kniekehlen platziert. Die Leichtigkeit, mit der er sie hochhebt, vermittelt den Eindruck, sie hätte höchstens das Gewicht eines Daunenkissens. Im Obergeschoss angekommen, legt Mick Nelly auf dem Gästebett ab und zieht ihr die Schuhe aus. Allein die Vorstellung, er könne sich nun auch an dem Rest ihrer Kleidung vergreifen, beschleunigt ihren Pulsschlag ohne die Gabe weiterer Medikamente.

„Du solltest jetzt schlafen", unterbricht Mick ihre Überlegung und breitet die Bettdecke aus. „Ich hole eben meinen Sessel rüber, heute Nacht bleibe ich bei dir. Nur für den Fall, dass etwas nachkommt. Sicher ist sicher."

Unzählige Fragen schießen Nelly durch den wirren Kopf. Woher wusste er überhaupt, was in so einem Notfall zu tun ist? Warum besteht er darauf, bei ihr zu bleiben, und wie ist dieser Schock überhaupt zustande gekommen? Bevor Mick zurück ist und sie nur eine dieser Fragen loswerden kann, ist sie vor Erschöpfung eingeschlafen.

Zwei Stunden später fährt Nelly schweißgebadet hoch. Kerzengerade sitzt sie im Bett und sieht sich panisch nach allen Seiten um. Mit einem Satz steht Mick neben ihr. „Ganz ruhig, es ist alles in Ordnung. Du hast nur geträumt." Sanft drückt er sie zurück in die Kissen.

„Der Tropf muss raus", verlangt Nelly schwer atmend und wirft dem transparenten Plastikbeutel einen ärgerlichen Blick zu. „Ich kann so nicht schlafen."

„Der Tropf bleibt drin", antwortet Mick freundlich aber bestimmt. „Deine Patienten müssen damit schlafen, dann wirst du es für eine Nacht ganz bestimmt auch schaffen." Aufmunternd lächelt er sie an, und im gleichen Augenblick schämt Nelly sich bereits für ihr kindisches Verhalten.

„Tut mir leid. Das furchtbare Ding hat mich im Traum die Krankenhausflure rauf und runter gejagt. Ich glaube, ich bin nicht ganz bei mir."

„Du musst dich nicht entschuldigen. Es ist völlig normal, dass du durcheinander bist, nachdem, was dir passiert ist. Versuch weiterzuschlafen, du brauchst die Ruhe."

„Du bist kein Landwirt, oder?", platzt es aus Nelly heraus.

Verwundert über den abrupten Themenumschwung hebt Mick die Augenbrauen. „Nein, bin ich nicht", antwortet er langsam. „Ich bin Oberarzt im Katharinenhospital. Kardiologie."

„Ein Herzspezialist?", murmelt sie ungläubig. „Na, das passt ja. Herzen brechen und reparieren – alles aus einer Hand."

„Bitte? Wie meinst du das?"

Hab ich das laut gesagt? Erschrocken schlägt Nelly sich die Hand vor den Mund. Der Medizincocktail, den Mick ihr verpasst hat, hat offensichtlich die gleiche Wirkung auf sie wie Alkohol – die Grenze zwischen Gedanke und ausgesprochenem Wort löst sich einfach auf wie ein Zuckerstück in kochend heißem Teewasser.

Als Nelly auf seine Nachfrage hin nichts erwidert, zieht sich ein breites Grinsen über Micks Gesicht. „Du denkst, ich bin ein Herzensbrecher?"

„Ich ... nein, ..." *Oh Gott, was rede ich da?* „Ich muss schlafen, wir sehen uns morgen", stammelt sie mit letzter Kraft, dreht sich zur Wand und zieht die Decke bis zum Hals hoch.

Jennifer steht am Fenster und starrt hinaus in die Dunkelheit. Auch wenn es Nelly besser geht, hat der Zwischenfall sie ziemlich mitgenommen. Doch ihre Gedanken kreisen nicht nur um die Gesundheit der neu gewonnenen Freundin, sondern beschäftigen sich ebenso mit den einschneidenden Veränderungen, die ihr bevorstehen. Ihre Entscheidung, in die Heimat zurückzukehren, ist gefallen. Ob dieser Entschluss richtig oder falsch ist, wird zwar erst die Zukunft zeigen, aber einmal in den Teufelskreis der Grübelei geraten, ist es mit der Nachtruhe vorbei. Deshalb ist Jennifer beinahe dankbar, als es leise an der Tür klopft.

„Ja?"

„Darf ich reinkommen?"

„Natürlich Ma, es ist offen."

Beim Anblick ihrer Mutter geht es Jennifer schon ein wenig besser. Seit jeher hat sie eine beruhigende

Wirkung auf sie, und jede ihrer Gesten, jede Berührung, vermittelt den Eindruck, dass alles in Ordnung kommen wird, egal wie schlimm es derzeit aussieht.

„Habe ich dich geweckt?"

„Nein, ich kann sowieso nicht schlafen."

„Ich wollte nur nachsehen, ob es dir gut geht. Du hast eben so traurig ausgesehen."

Jennifer richtet sich auf und überkreuzt die Beine zum Schneidersitz. Einladend klopft sie auf das freigewordene Stück Matratze auf ihrem Bett. „Unser letztes Gespräch geht mir nicht aus dem Kopf, und Nellys Kollaps rückt die Sache noch mal in ein anderes Licht." Ihre Lippen kräuseln sich zu einem spitzen Kussmund, wie immer, wenn sie versucht, ihre Gedanken in Worte zu fassen. „Es erschreckt mich, wie schnell das Leben eine andere Richtung einschlagen kann. Einfach so, innerhalb eines Fingerschnipps, kann entweder alles vorbei sein oder sich zum Guten wenden. Wer weiß das schon?"

Maria nickt. „So ist es. Jeder, der das einmal begriffen hat, hat zumindest einen winzig kleinen Teil der Welt verstanden. Es ist bei Gott nicht immer fair und oft ungerecht, aber nie hat jemand behauptet, dass es leicht werden würde, oder?"

„Nein, wirklich nicht", bekräftigt Jennifer und macht eine kurze Pause, bevor sie fortfährt. „In den Sommerferien komme ich heim, Ma." Entschlossen sieht sie ihre Mutter an. „Können Josy und ich vorübergehend bei euch auf dem Hof wohnen? Dann könnte ich uns in Ruhe eine kleine Wohnung in der Nähe suchen."

Marias Augen blitzen vor Freude auf. „Vorübergehend? Ihr könnt so lange bleiben, bis ihr meine Bemutterung und Vaters Sturköpfigkeit nicht mehr ertragen könnt. Das hier ist dein Zuhause, mein Kind! Deine Heimat, und die wird es für immer bleiben. Aber hast du dir diesen Schritt wirklich gut überlegt? Vom Großstadtflair sind wir ziemlich weit entfernt, und das war es doch, was du immer wolltest."

Entschieden schüttelt Jennifer den Kopf. „Manche Dinge ändern sich. Der Gedanke beschäftigt mich schon seit Monaten, und irgendwann muss eine Entscheidung her."

„Weiß Jan davon?"

„Nein, bis gestern wusste ich es ja selbst nicht mal genau. Aber ich habe mit Fred darüber gesprochen."

„Mit Fred?", fragt Maria erstaunt. „Wie hat er reagiert?"

„Er hat mich nicht überredet, falls du das glaubst. Aber ich denke, er freut sich darüber", antwortet Jennifer vorsichtig.

„Habe ich irgendetwas verpasst?", hakt Maria nach. Der versonnene Gesichtsausdruck ihrer Tochter ist ihr nicht entgangen. „Er hat immer mehr für dich empfunden als reine Freundschaft, ich hoffe, das ist dir klar. Bisher hatte ich nicht den Eindruck, dass es dir genauso geht."

„Darüber habe ich nie nachgedacht. Das war überhaupt kein Thema – er war mein Sandkastenfreund und Punkt."

„Über Liebe muss nicht nachgedacht werden, sie ist ein Gefühl, das nicht kontrollierbar ist. Entweder sie ist da oder nicht."

„Das ist es ja eben: Bisher war alles okay, und plötzlich kommt da irgendwas in mir hoch, wenn ich mit ihm zusammen bin, das ich nicht einsortieren kann und das mich durcheinanderbringt. Ich habe Angst, ihn als Freund zu verlieren, wenn wir über die Grenze gehen und es dann nicht funktioniert."

„Diese Angst ist nicht ganz unberechtigt. Ich glaube, solange alles so bleibt, wie es ist, hat er seine Gefühle gut im Griff. Was passiert, wenn sich das ändern sollte, kann dir vorher niemand beantworten. Das Risiko können wir nicht wegdiskutieren, aber auf der anderen Seite könnte auch etwas ganz Wunderbares dabei herauskommen."

„Ja, das könnte es", murmelt Jennifer und krabbelt zurück unter die Decke. Es ist alles gesagt, nun ist das Schicksal am Zug.

Als Nelly wach wird, scheint gedämpftes Licht ins Zimmer. Genüsslich streckt sie sich in alle Richtungen und stellt erfreut fest, dass die rasenden Kopfschmerzen komplett verschwunden sind. Auch der Tropf ist weg, nur die Nadel der Kanüle steckt immer noch in ihrem Arm. Kurzentschlossen setzt Nelly sich auf, greift nach der Desinfektionsflasche auf dem

Nachttisch, schnappt sich ein Mulltuch und entfernt den Zugang im Handumdrehen. Kritisch begutachtet sie die Einstichstelle. Außer einem winzig kleinen, roten Punkt ist die Haut völlig unversehrt. Vorsichtig streicht sie mit dem Finger darüber, dann steht sie auf und sieht zum Fenster hinaus. Gleißende Sonnenstrahlen dringen durch vereinzelte Schäfchenwolken. Kein Sturm, kein Schneetreiben, kein Nebel – das erste Mal seit ihrer Ankunft kann sie mehr als ein paar Meter weit gucken und endlich auch die Landschaft jenseits des Hofes erkennen. Glitzerndes Weiß bedeckt die weiten Felder, und in den Baumkronen funkeln unzählige Schneekristalle. Unter den Dachrinnen der Stallungen reihen sich langgezogene Eiszapfen diverser Größe und Form aneinander. Nelly öffnet das Fenster und atmet tief durch. Die frische, kalte Luft strömt durch ihren Körper, und sie fühlt sich so leicht wie lange nicht mehr. Auch der Spiegel über dem Waschbecken im Badezimmer hält keine bösen Überraschungen bereit. Nichts erinnert mehr an den gestrigen Vorfall. Als sie die Teile des Abends, an die sie sich erinnern kann, Revue passieren lässt, kriecht ihr die Gänsehaut den Nacken hoch. Was wäre passiert, wenn Mick nicht bei ihr gewesen wäre? Dank seiner schnellen Reaktion ist die Welt heute wieder in Ordnung und dreht sich auch für Nelly unbeirrt und ohne Einschränkungen weiter. Während sie sich literweise kühles Wasser ins Gesicht spült, fällt ihr plötzlich das nächtliche Gespräch über Micks berufliche Laufbahn ein. Ein Teil des Wassers landet vor Schreck in ihrer Luftröhre und löst prompt einen ausgewachsenen Hustenanfall aus. Er ist Arzt! Ein Herzchirurg! Das erklärt zwar einiges, aber nicht, warum er ihr gegenüber so wankelmütig ist, seit er erfahren hat, dass sie quasi eine Kollegin ist. Eigentlich sollte er sie sogar besonders gut verstehen, wenn er in der gleichen Branche tätig ist. Alle Spekulationen helfen nicht weiter – ihr fällt keine einleuchtende Begründung für sein Verhalten ein.

Nelly springt in die Jeanshose und streift sich Jennifers braunen Pullover über den Kopf. Ihr Blick fällt auf den Wecker. Ungläubig reißt sie den würfelartigen Kasten vom Nachttisch und hält ihn sich ein Stück näher vors Gesicht, um sicherzugehen, dass die Augen ihr keinen Streich spielen. Es ist halb vier! Halb vier am Nachmittag? Prüfend rüttelt sie am Kabel der Uhr. Alles fest – kein Wackelkontakt. Sie kann unmöglich von gestern Abend bis jetzt durchgeschlafen haben. Vielleicht hat jemand die Zeit verstellt? Wie vom Stromschlag getroffen hält sie inne. Welcher Tag ist heute eigentlich? Wer sagt denn, dass nicht schon eine weitere Nacht vergangen ist und sie es durch die Medikamente nur nicht mitbekommen hat? Das Vorstellungsgespräch! Sollte wirklich bereits Dienstag sein und die Zeit tatsächlich die, die das Display in ihrer Hand anzeigt, hätte sie das Vorstellungsgespräch bereits verpasst. Eilig stellt sie den Wecker zurück auf die Ablage und läuft die Treppe hinunter. Daniel steht mit einem Joghurtbecher in der Hand vor dem offenen Kühlschrank. „Hunger?", fragt er, als er Nelly bemerkt, und deutet auf den gut bestückten Inhalt. Offensichtlich hat die Familie ihre Vorräte reichlich aufgefüllt, bevor das Unwetter begonnen hat.

„Welcher Tag ist heute?"

Daniel nimmt den Löffel aus dem Mund und sieht sie prüfend an. „Geht's dir gut? Weißt du, wie du heißt?", fragt er, wobei sich eine Spur Besorgnis in seine Stimme mischt.

„Ja, das weiß ich. Ich bin Janelle Morgan, 28 Jahre alt, 1,70 Meter groß, Ärztin. Und nein, ich habe glücklicherweise keinen Gedächtnisverlust, aber dafür tatsächlich großen Hunger."

Daniel grinst und wendet sich wieder seinem Joghurt zu. „Dann ist ja gut. Das hätte ich Mick nämlich nicht erklären wollen." Er steht auf und holt einen Satz Besteck aus der Schublade. „Heute ist übrigens Montag. Warum fragst du?"

„Morgen ist mein Vorstellungsgespräch in Freiburg, und ich hatte schon Angst, dass ich einen kompletten Tag verschlafen habe." Erleichtert stützt Nelly sich auf die Stuhllehne. „Außerdem muss ich dringend meine Freundin Jazz anrufen. Sie kommt bestimmt um vor lauter Sorge. Funktioniert das Telefon wieder?"

Daniel schüttelt den Kopf. „Nein, immer noch nicht. Aber hast du mal rausgeguckt? Das schönste

Winterwetter! Ich muss gleich sowieso in die Stadt, wenn du magst, kann ich dich mitnehmen und zum Bahnhof bringen. Ich denke, mit dem Schneepflug haben wir gute Chancen zügig durchzukommen."

Nellys Magennerven geraten ins Flattern. Das Angebot kommt völlig unerwartet, und die Vorstellung, den Hof und Mick gleich für immer zu verlassen, versetzt sie nicht gerade in Hochstimmung. Doch bleibt ihr eine andere Wahl? Die Familie hat ihr Zuflucht gewährt; hat sie nun das Recht, die Gastfreundschaft über die Not hinaus zu strapazieren und Daniel unnötig oft hin- und herfahren zu lassen?

„Das wäre … nett", antwortet Nelly schließlich widerstrebend. „Haben wir noch Zeit zum Essen?"

„Versteh mich nicht falsch. Das soll kein Rausschmiss sein! Wir wollen nur nicht, dass du dein Gespräch verpasst, und du könntest vorher sogar bei deiner Freundin vorbeischauen. Aber immer mit der Ruhe. Mick wird dich sowieso sehen wollen, bevor du gehst, auch wenn er vorhin gesagt hat, dass deine Werte alle wieder im Normbereich sind. Bis vor einer halben Stunde hat er bei dir am Bett gesessen, jetzt ist er auf seinem Zimmer." Daniel stellt einen Teller mit Aufschnitt und einen großen Brotkorb vor Nelly auf den Tisch. „Jetzt stärk dich erst mal, und dann gehst du am besten einfach zu ihm hoch."

17

Montag, 22. Dezember – am Nachmittag

Wie lange Nelly im gedämpften Flurlicht vor der Tür gestanden und mit sich gerungen hat, ob sie klopfen oder lieber umkehren soll – sie weiß es nicht. Doch irgendwann hebt ihre rechte Hand sich wie ferngesteuert, und ihre Knöchel treffen kurz darauf auf das schwere Holz. Auf die fünf Zentimeter dicke Barriere, die zwischen ihr und Mick steht und die sich jeden Moment mit einem Knarren in Luft auflösen wird. Allein der Gedanke daran macht sie nervös. *Herrgott, du verhältst dich, als müsstest du eine Ansprache auf dem Ärztekongress halten! Geh rein, bedank dich für die Hilfe und sag ihm, dass Daniel dich zum Bahnhof bringen wird. Das kann wirklich nicht so schwer sein!*

„Ja?", unterbricht Micks gedämpfte Stimme ihr inneres Streitgespräch.

„Ich bin's, Nelly. Hast du eine Minute Zeit?", ruft sie durch die verschlossene Tür.

„Auch zwei oder drei. Komm rein!"

Zögernd drückt sie die Klinke herunter und schlüpft durch den entstandenen Spalt in den Raum. Leere starrt ihr entgegen. Langsam drückt sie die Tür hinter sich zu und bleibt mit dem Rücken daran gelehnt stehen.

„Mick?"

„Bin sofort da. Fühlst du dich denn besser?", kommt seine Antwort aus dem angrenzenden Bad.

185

„Ja, wie neugeboren. Ich wollte mich nur verabschieden und mich für die Hilfe bedanken. Ich bin sehr froh, dass du gestern da warst. Wer weiß, wie die Sache sonst ausgegangen wäre", redet Nelly drauflos. Es ist definitiv einfacher, grammatikalisch korrekte Sätze zu bilden, wenn er ihr nicht direkt gegenübersteht.

Anstelle einer Erwiderung tritt Mick um die Ecke, und Nellys Augen wissen nicht mehr, worauf sie sich zuerst konzentrieren sollen. Auf das feuchte Haar, das ihm wirr in die Stirn hängt, und den breiten Oberkörper oder auf den festen Bauch, den geöffneten Knopf seiner Jeans und die nackten Füße. Offensichtlich ist er beim Anziehen nicht über die Hose hinausgekommen. Der Bartansatz ist komplett verschwunden, was ihn noch eine Spur attraktiver macht – obwohl das in Nellys Augen kaum möglich ist.

„Du willst gehen?", fragt er tonlos. „Jetzt?"

„Ich … ich denke, schon. Ich möchte euch nicht mehr Umstände als nötig machen, und Daniel kann mich mit dem Schneepflug mitnehmen."

Mit beiden Armen stützt Mick sich im Türrahmen ab und sieht zu ihr herüber. Seine Muskulatur spannt sich merklich an, und durchtrainierte Stränge erscheinen auf der Haut. Auch wenn er kein Wort sagt, ist der in seinem Inneren wütende Orkan so deutlich wie die Bildfolgen eines aufgeschlagenen Fotoalbums. Eine lange unterdrückte Energie kämpft sich an die Oberfläche – Anspannung liegt in der Luft. Wie ein elektrischer Impuls steht plötzlich eine Sehnsucht und eine Leidenschaft im Raum, die jede andere Emotion in den Schatten stellt und nichtig erscheinen lässt. Was nun passiert, ist unausweichlich; er weiß es, sie weiß es.

Nelly will ihn berühren, will seine Hände auf jedem Zentimeter ihrer Haut spüren. Trotzdem verharrt sie bewegungslos an ein und demselben Fleck, mit dem Rücken zur Tür gewandt. Für den Bruchteil einer Sekunde denkt sie ernsthaft darüber nach wegzulaufen. Die Treppen hinunter und auf Nimmerwiedersehen verschwinden – weg von dem Gefühlsabgrund, der sie zu verschlingen droht; weg von der Ungewissheit, die sie danach erwartet. Was weiß sie eigentlich über diesen Mann? Was, oder besser gesagt wer verbirgt sich wirklich hinter der Fassade?

Langsam löst Mick sich aus dem Rahmen und geht quer durch das Zimmer auf Nelly zu. Mit jedem Schritt, den er näherkommt, hebt und senkt ihr Brustkorb sich eine Spur schneller. Doch als er vor ihr steht, mit seinen Handflächen sanft ihr Gesicht ergreift und sie mit leichtem Druck zwingt, ihm in die Augen zu sehen, sind jegliche Vorbehalte mit einem Schlag verflogen. In seinem Blick liegt keinerlei Zweifel und keine Wehmut mehr, sondern pure Zuversicht – eine Bestärkung des Versprechens, dass alles gut wird. So, wie er es ihr am gestrigen Abend auf dem Küchenboden zugeflüstert hat.

Mick rückt enger an Nelly heran, fährt mit dem Daumen behutsam die feinen Konturen ihrer Lippen nach. Sein leicht geöffneter Mund ist nur einen Hauch von ihrem entfernt, und der warme Atem jagt ihr erwartungsvolle Schauer über die Haut. Spätestens in diesem Moment sind Nellys letzte Zweifel über Bord geworfen – das, was hier passiert, kann einfach nicht falsch sein. Niemals zuvor hat sich etwas so richtig angefühlt. Als würde sie exakt an diese Stelle gehören – zu diesem Zeitpunkt, mit diesem Mann.

Zurückhaltend tasten ihre Finger sich seine Oberarme hinauf und suchen einen Weg über die breiten Schultern, bis hin zu seinem Nacken. Weiches, feuchtes Haar streicht durch ihre Handflächen, während ihre Arme sich um seinen Hals schlingen und ihn ihr noch ein Stück näherbringen. Während sie dastehen und sich ansehen, steuert die Spannung zwischen ihnen auf ein Maß zu, das an der Grenze der Erträglichkeit kratzt – so nah beieinander und doch voller Scheu, den endgültigen Schritt über die unsichtbare Linie zu wagen. Ihre Lippen berühren sich, erst sanft, dann immer fordernder. Es gibt kein Zurück mehr. Sie will ihn, und er will sie – mit jeder Faser und aus vollem Herzen. Alles was zählt, ist dieser Moment, das Hier und Jetzt, ohne jeden Gedanken an die Zeit danach. Mit einem entschlossenen Griff zieht Mick Nelly hoch auf seine Hüften und trägt sie mit sicheren Schritten hinüber zu seinem Bett.

Sie ist hübscher als andere, ihre Stimme klingt reiner als die der anderen und sie hat diesen ganz besonderen Gang. Nie zuvor hat Mick jemanden kennengelernt, der selbst in Gummistiefeln und übergroßem Pullover weiblicher wirkt als manch andere Frau auf schwindelerregend hohen High-Heels. Und dieses Lächeln! So aufrichtig und herzlich, als wäre es das Schönste der Welt, mit ihm und seiner Familie in der Einöde festzusitzen. Ein Lächeln, das ihn mitten ins Herz trifft, ob er es will oder nicht. Was für ein Kontrast zu seinen bisherigen Bekanntschaften! Bis auf eine Ausnahme hat keine davon nennenswert lange gehalten; und müsste er deren Verlauf beschreiben, käme ihm als Erstes die Sterilität eines OP-Tisches in den Sinn. Seine letzte Partnerin war anders – und irgendwie auch nicht. Im Enddefekt lief es immer wieder auf das Gleiche hinaus: Die Karriere steht an oberster Stelle, danach kommt sehr lange nichts und dann eines Tages der Rest. Über die Katastrophe, die ihn am Tag ihrer Trennung heimgesucht hat, darf er gar nicht nachdenken. Die Erinnerung daran wirkt wie ein Eiswürfel, der ihm in die Hose gesteckt worden ist und allmählich, aber unweigerlich seine Beine hinabläuft.

Schluss damit! Über das Thema will ich heute weder grübeln noch reden. Der Tag ist zu kostbar und hat es nicht verdient, dass diese verdammten Flashbacks ihn belasten. Energisch schüttelt er die Bilder ab und konzentriert sich auf Nelly. Auf die Frau, die etwas in ihm auslöst, von dem er bisher nicht einmal gewusst hat, dass es überhaupt existiert. Starke Gefühle sind ihm nicht fremd. Seine Eltern und seine Geschwister liebt er über alles, auch wenn sie ihm, jeder auf seine eigene Art, von Zeit zu Zeit den letzten Nerv rauben. Aber das, was zwischen ihm und Nelly passiert, ist anders. So intensiv und durchdringend, dass er nicht genug davon bekommen kann. Was auf der einen Seite unbeschreiblich schön ist, macht ihm gleichzeitig eine Heidenangst. Wer hoch fliegt, kann eben auch tief fallen.

Mit dem Zeigefinger fährt er über Nellys Nasenrücken und umrundet die kleinen Sommersprossen, die ihn anziehen wie der Mond den Nachtwandler. Seine Hand wandert tiefer, ihren Hals entlang, zwischen den Brüsten hindurch, bis zu der weichen, glatten Haut rund um ihren Bauchnabel. Er beugt sich hinab und berührt die Stelle mit seinen Lippen, saugt tief ihren unverwechselbaren Duft ein und wünscht sich diesen Moment für die Ewigkeit.

Nelly beobachtet Micks Entdeckungstour aufmerksam. Sie hätte nicht für möglich gehalten, dass ein Mann sie jemals auf diese Art ansehen würde. So fühlt es sich also an, wenn zwei Menschen mehr als das Verlangen nach Sex miteinander teilen. Wer das einmal erlebt hat, ist infiziert auf Lebenszeit und wird es gegen nichts anderes mehr eintauschen wollen, da ist Nelly sich absolut sicher. Eine flüsternde Stimme in ihrem Kopf drängt sich energisch in diesen behaglichen Moment und gibt ungefragt zu Bedenken, dass sie mit diesem Gefühl auch schiefliegen könnte. Vielleicht vernebeln ihr die Hormone lediglich die Sicht auf die Realität? Was, wenn die letzte Stunde für Mick nicht mehr als eine Bettgeschichte gewesen ist? Was, wenn sie bald, mit all ihren Hoffnungen und Träumen im Gepäck, in einem Zug sitzt? Mit einem One-Way-Ticket ohne Rückfahrtschein.

Nein! Energisch richtet Nelly sich auf. Das ist ein denkbar schlechter Zeitpunkt, um diese Art der Selbstzweifel aus ihrem sorgsam gesicherten Verlies hinaus ans Tageslicht zu lassen. Ihre Hände fahren durch Micks zerwühltes Haar; sie bahnen sich ihren Weg über den Rücken, hinab bis zum unteren Ende des Steißbeins, wo sie innehalten und ihn an sich drücken. Der Abend hat schließlich gerade erst begonnen.

Mick öffnet die Tür zur Stube, und das Gespräch seiner Eltern und Geschwister verstummt. Vier fragende Augenpaare blicken ihm erwartungsvoll entgegen.

„Hallo", grüßt er in die Runde und geht betont lässig um den Tisch herum. Am Kühlschrank angekommen, füllt er zwei Teller mit den Resten vom verpassten Abendessen und klemmt sich eine Wasserflasche unter den Arm.

„Brauchst du ein Tablett?", fragt Maria, als sie bemerkt, dass ihr Sohn eine der Weinflaschen und die dazugehörigen Gläser ins Visier nimmt. Wie schwer muss es seiner Mutter fallen, ihre Neugierde zu zügeln. Mick stellt seine Beute auf dem Tablett ab und macht sich auf den Rückweg.

Die Illusion, dieser Situation ohne weitere Erklärung zu entkommen, wird durch seinen Bruder im nächsten Moment jäh zerstört. „Eigentlich wollte ich Nelly vor drei Stunden zum Bahnhof bringen. Seit sie hochgegangen ist und sich von dir verabschieden wollte, ist sie allerdings spurlos verschwunden. Hast du eine Idee, wo wir noch suchen könnten?", fragt er unschuldig und erntet dafür umgehend einen ordentlichen Tritt seiner Schwester. Micks ertappter Gesichtsausdruck bestätigt die allgemeine Vermutung, dass er die letzten Stunden gemeinsam mit ihr verbracht hat – und das nicht nur bei einer harmlosen Unterhaltung. Diese Erkenntnis lässt Marias Augen erfreut aufleuchten, und Mick resigniert mit den Schultern zucken – jede weitere Stellungnahme hat sich soeben erübrigt.

„Und?", fragt Nelly, als Mick mit ihrer Verpflegung um die Ecke kommt. „Hat jemand was gesagt?"

„Nicht direkt", antwortet Mick ausweichend und reicht ihr einen der beiden Teller an. „Aber was in ihren Köpfen vorgegangen ist, als ich die Sachen zusammengepackt habe, war ziemlich deutlich."

Eine feine Röte überzieht Nellys Wangen. Also wissen die anderen jetzt Bescheid über … ja, über was denn eigentlich? Über den Beginn ihrer Beziehung oder über ihren One-Night-Stand? Abwesend stochert Nelly in ihrem Essen herum.

„Stimmt was nicht?", fragt Mick und deutet kauend mit dem Daumen auf die Bratkartoffeln auf ihrer Gabel.

„Nein, nein. Alles gut", versichert Nelly hastig. Die Auseinandersetzung mit dieser heiklen Frage, vertagt sie auf später.

Es ist nach Mitternacht. Nelly liegt mit offenen Augen im Bett und starrt an die Decke. In ihrem Kopf arbeitet es auf Hochtouren – auch wenn sie sich den ganzen Abend lang mit Mick über alles Mögliche unterhalten hat, sind die wirklich wichtigen Dinge unbeantwortet geblieben. Auf die Frage, weshalb er ihr seinen Beruf verschwiegen und sie stattdessen in dem Glauben gelassen hat, er sei in der Landwirtschaft tätig, ist er ausgewichen. Und warum er anfangs so ablehnend auf sie reagiert hat, hat sie ebenfalls nicht in Erfahrung bringen können. Die abenteuerlichsten Vermutungen kommen ihr in den Sinn und drehen sich ohne befriedigendes Ergebnis endlos im Kreis. „Schläfst du schon?", flüstert sie dicht an Micks Ohr.

Das Brummen, das darauf folgt, lässt viel Raum für Interpretation – es kann alles und nichts heißen.

„Kann ich dich was fragen? Es ist mir wirklich wichtig."

Das Kopfkissen raschelt, und der Umriss seines

Oberkörpers taucht aus den Laken auf. „Klar, du kannst alles fragen", antwortet er schläfrig und lehnt sich an das Kopfteil des Betts. Offenbar hat er weit weniger Probleme mit der Entspannung als Nelly selbst.

„Findest du, Frauen sollten keine Ärzte werden?"

Mick richtet sich mit einem Ruck vollständig auf und sieht sie eindringlich an. Mondlicht scheint durch die Ritzen der Vorhänge und überzieht seine Augen mit einem sanften Schimmer. „Natürlich sollen Frauen Ärzte werden. Sie können genauso gut oder schlecht sein wie jeder Mann auch. Wie kommst du darauf, dass ich so was denken könnte?"

„Du hast komisch reagiert, als ich dir in Freds Kneipe gesagt habe, was ich beruflich mache."

Mick schweigt und überlegt – die Feststellung scheint ihm unangenehm.

„Das ist eine lange Geschichte, die nicht mal eben erzählt ist", antwortet er zögernd. „Können wir morgen darüber reden? Dann erkläre ich dir alles, okay? Aber mach dir bitte keine Sorgen", vorsichtig streicht er ihre eine Locke aus der Stirn und fährt mit dem Finger über ihre Wange. „Es hat nichts mir dir zu tun und auch nichts damit, dass ich meine, Frauen könnten keine guten Ärzte sein. Meine Vorstellung vom Leben hat mit denen meiner Medizinkolleginnen leider nur nie übereingestimmt."

Ungläubig zieht Nelly die Nase kraus. „Du kennst die falschen Frauen!"

„Tja, so sieht's wohl aus", bestätigt er lächelnd.

„Die letzte Trennung ist frisch?"

„Frisch und unschön. Am gleichen Tag habe ich auch noch einen meiner Patienten verloren."

„Das ist auf jeden Fall eine der Schattenseiten an unserem Job. War es das erste Mal?"

„Nein, aber das erste Mal, das ich hätte verhindern können."

Betroffen schaut Nelly zu ihm auf. „Was ist passiert?"

Mick seufzt. „Sei mir nicht böse, aber ich kann jetzt nicht darüber sprechen, sonst mache ich heute Nacht kein Auge mehr zu."

„Natürlich, tut mir leid", erklärt sie schnell und wünscht sich, sie hätte ihr Bedürfnis nach Aufklärung besser im Griff gehabt und ihn nicht derart offensiv ausgefragt. Im Raum ist es still, nur der Wecker schweigt nicht, sondern tickt weiterhin leise vor sich hin.

„Nelly?"

„Ja?"

„Hast du schon mal an dir gezweifelt?"

Über die Antwort muss Nelly nicht lange nachgrübeln. „Ich zweifele ständig an mir und habe darüber einige Male fast vergessen, warum ich mir ausgerechnet diesen Beruf ausgesucht habe. Seit ich denken kann, war mir klar, dass ich anderen Menschen helfen will, sie gesund machen will. Und für das, was wir am meisten wollen, für unsere Träume, lohnt es

195

sich zu kämpfen – immer wieder aufs Neue. Natürlich müssen wir alles dafür tun, dass uns keine Fehler unterlaufen, davon hängen Leben ab. Diese Verantwortung geht jeder Arzt bewusst ein, wenn er sich für diese Arbeit entscheidet; aber am Ende sind wir alle nur Menschen und keine Maschinen, das müssen wir akzeptieren. Der Druck ist auch so schon groß genug, wenn dann noch Angst dazukommt, geht gar nichts mehr."

„Aus deinem Mund hört es sich völlig logisch und wie das Selbstverständlichste der Welt an. Wenn das mal wirklich so einfach wäre", murmelt Mick dicht an ihrem Ohr.

„Ich weiß, dass es das nicht ist. Der Oberarzt, der im ersten Assistenzjahr für mich zuständig war, hieß Walter Mulder und war gerade erst zu uns versetzt worden. Ich hatte gehört, er sei besonders streng zu seinen Anfängern, und war bei unserer ersten Zusammenarbeit entsprechend nervös. Und streng war er wirklich – aber gerecht. Als eine junge Frau unter meinem Skalpell beinahe verblutet ist, hat er mir diese Worte mit auf den Weg gegeben. Ich war fix und fertig, trotzdem hatte er damit wenigstens einen Teil meiner Zuversicht wiederhergestellt. Ich darf gar nicht darüber nachdenken, was passiert wäre, wenn er nicht dabei gewesen wäre."

Starke Arme schlingen sich fest um Nellys Körper und ziehen sie nah an Micks wärmende Brust. Sein Gesicht vergräbt sich in ihren braunen Locken, und der gleichmäßige Atem gibt ihr das Gefühl, am schönsten Ort der Erde zu sein – so müssen sich Seeleute fühlen, die nach langer Fahrt endlich den Anker im Heimathafen werfen.

18

Dienstag, 23. Dezember – am Morgen

Nelly schlägt die Augen auf. Ihre Hand ertastet neben sich ein zerwühltes Laken – die rechte Betthälfte ist leer. Nur eine leicht eingedrückte Stelle auf der Matratze zeugt davon, dass dort vor kurzem noch jemand gelegen hat. Mit einem Schlag ist sie hellwach und versucht, sich im Dämmerlicht zurechtzufinden. Das ist Micks Zimmer, soviel ist sicher. Erleichtert atmet sie auf. Dann kann die letzte Nacht zumindest kein Traum gewesen sein. Trotzdem beschleicht Nelly ein ungutes Gefühl. *Bestimmt holt er bloß das Frühstück. Gleich geht die Tür auf, und er kommt mit einem voll beladenen Tablett ins Zimmer, genauso wie gestern Abend.*

Doch es kommt niemand. Kein Tablett, kein Frühstück, kein Mick. Mittlerweile zeigt die Uhr 09:40 an. Nelly sammelt ihre ausgeliehene Kleidung ein, die immer noch im gesamten Raum verstreut liegt, und hängt sie über die Stuhllehne. Ihre eigenen Sachen liegen frisch gewaschen auf einem Hocker neben dem Schrank. Sie zieht sich an und geht zum Schreibtisch hinüber. In knapp sieben Stunden beginnt ihr Vorstellungsgespräch, und bis Freiburg sind es gut 200 Kilometer. Mit öffentlichen Verkehrsmitteln ist die Strecke in dieser Zeit unmöglich zu bewältigen – die Verbindungen sind furchtbar kompliziert und damit absolut unbrauchbar. Eigentlich wollte sie mit Jazz' Auto dorthin fahren und es ihr auf dem Rückweg zurückbringen, jedenfalls ist das der bisherige Plan gewesen. Also muss sie innerhalb der nächsten drei Stunden irgendwie zu ihrer Freundin kommen. Und was, wenn die Autobahnen nicht geräumt sind? Im schlimmsten Fall muss sie um eine Verlegung des Termins bitten und hoffen, dass ihr Gesprächspartner sich trotz seiner hohen Position einen Funken Menschlichkeit bewahrt hat. Bei ihrem jetzigen Chef würde sich das Verständnis für solche Zwischenfälle aller Wahrscheinlichkeit nach schwer in Grenzen halten.

Neben einem silbernen Laptop liegt auf einem der zahlreichen Papierstapel ein Gruppenfoto der Familie – ungerahmt und ziemlich lädiert, als hätte es den Großteil seiner Zeit in einer Geldbörse oder etwas Ähnlichem verbracht. Die mittlerweile vertrauten Gesichter blicken ihr fröhlich entgegen. Nelly nimmt es hoch und fährt über die glänzende Oberfläche. Wie glücklich sie aussehen, dort im Sonnenschein vor der Scheune. Zögernd greift sie nach einem Bleistift, schlägt ein leeres Blatt des danebenliegenden Blocks auf und setzt sich auf den Drehstuhl. Ein paar Minuten wird sie auf Mick noch warten. Dann muss sie endgültig aufbrechen, ob er zurück ist oder nicht.

Wenn Nelly ein Bild skizziert, vergisst sie Raum und Zeit. Ihre Hand fliegt über das weiße Papier und füllt es Stück für Stück mit geübten Strichen und Schattierungen, bis Mick ihr in verschiedenen Grautönen entgegenlächelt. Als sie wieder aufschaut, ist es nach zehn. Erschrocken springt sie auf. Selbst beim Zeichnen ist eine halbe Stunde noch nie so schnell vergangen wie an diesem Morgen. Sorgfältig legt sie das Foto zurück und schlendert betont langsam zum Fenster hinüber, als wolle ihr Unterbewusstsein Zeit schinden. Die Vorstellung, dass Mick nicht rechtzeitig erscheinen wird, wird dadurch allerdings auch nicht attraktiver.

Sie schaut hinaus auf den Hof, späht die Treppen hinab, horcht auf jedes Geräusch. Nichts deutet auf seine Rückkehr hin – es fehlt weiterhin jede Spur. Ein flaues Gefühl steigt in Nelly auf, während sie sein Zimmer verlässt und hinüber zum Nachttisch ihres Gästebettes geht. Sorgfältig klemmt sie die eben erstellte Zeichnung in den Bilderrahmen, den Maria ihr während der Vorbereitungen für den Weihnachtsmarkt geschenkt hat. Zufrieden mit ihrem Werk, aber unzufrieden mit der aktuellen Situation, lässt sie ihn in ihre Tasche gleiten und macht sich anschließend widerwillig auf den Weg nach unten. Dieses dumpfe Magendrücken hat sie das letzte Mal vor der Abschlussprüfung ihres Medizinstudiums verspürt. Wie werden die Anderen wohl reagieren? Alle werden wissen, was zwischen Mick und ihr geschehen ist, und Nelly kann in keinster Weise abschätzen, ob deren Reaktion darauf ausschließlich positiv ausfallen wird. Beim Aufenthaltsraum angekommen bleibt sie abrupt stehen. Larissas Stimme ist unüberhörbar.

„Er ist verschwunden? Einfach weg und keiner weiß, wo er hingegangen ist?"

„Er ist nicht verschwunden! Bestimmt ist er längst zurückgekommen, und wir haben es nur nicht gemerkt", antwortet Daniel.

„Und wo ist er dann bitteschön? Hast du eben nicht selbst gesagt, du hättest ihn heute früh weglaufen sehen?" Larissas Schnauben erinnert unheilvoll an das eines wilden Stiers, der das rote Tuch des Toreros ins Visier genommen hat.

„Ich habe ihn nicht weglaufen sehen. Er ist über den Hof gegangen, nicht mehr und nicht weniger!", berichtigt Daniel sie.

„Warte mal! Jetzt wird mir klar, was er vorhin gemeint hat."

„Du hast ihn getroffen? Wann denn das?"

„Heute morgen in der Küche. Ich wollte mich nach Nelly erkundigen, da hat er plötzlich ziemlich übellaunig vor mir gestanden. Er hat vor sich hin gemurmelt, dass ihm das alles viel zu eng und anstrengend ist und er jetzt dringend Luft zum Atmen braucht. Dann ist er rausgerauscht."

„Luft zum Atmen? Was soll das denn heißen?"

„Ist doch völlig klar! Nelly hat ihm letzte Nacht zwar das gegeben, was er in diesem Moment gebraucht hat, ihn danach aber offenbar genervt. Jetzt taucht er so lange ab, bis sie abgereist ist und die Angelegenheit sich damit von allein erledigt. Ein großer Redner ist er ja nie gewesen, was solche Sachen angeht. Da bleiben die betroffenen Schäfchen schon mal schnell allein im Regen zurück. Dass er keine Beziehung mehr will, hat er schließlich oft genug betont."

Wie angewurzelt steht Nelly vor der Tür und kämpft verzweifelt gegen die aufsteigenden Tränen an. Am liebsten würde sie auf der Stelle das Weite suchen, zwingt sich jedoch, Daniels Antwort auf diese Vorwürfe abzuwarten. Als seine erhoffte Gegenreaktion ausbleibt und lediglich ein ratloses Brummen durch den Türspalt dringt, macht sie auf dem Absatz kehrt und packt in Windeseile ihre Habseligkeiten zusammen. Der Koffer liegt immer noch am Bahnsteig – mit all ihren Sachen und dem Weihnachtsgeschenk für ihre Mutter. *Bloß nicht die Fassung verlieren!* Um dieses Problem wird sie sich später kümmern, jetzt muss Nelly dringend los. Freiburg wartet, und sie darf ihre berufliche Zukunft nicht aufs Spiel setzen. Nicht für ein klärendes Gespräch, von dem niemand weiß, ob und wann es überhaupt stattfinden würde. So sehr sie sich Mick eben noch zurückgewünscht hat, so groß ist nun ihre Angst vor einem Zusammentreffen. Hat sie sich wirklich dermaßen in ihm getäuscht? Hätte Larissa ihr diese haarsträubende Geschichte persönlich erzählt, hätte Nelly ihr kein Wort davon geglaubt. Aber warum sollte diese Frau Daniel eine erfundene Story auftischen, wo sie gar nicht wissen konnte, dass Nelly vor der Tür stehen und alles mitbekommen würde? Und hätte Daniel nicht mit mehr als einem Brummen auf

202

ihre Anschuldigungen reagieren müssen, wenn das beschriebene Verhalten völlig untypisch für Mick wäre? Egal wie Nelly es dreht und wendet, ob Larissa nun die Wahrheit gesagt hat oder nicht, ein Fakt bleibt bestehen: Mick ist ohne ein Wort gegangen, obwohl er gewusst hat, dass sie wegen des Vorstellungsgesprächs zeitig aufbrechen muss.

Nelly stopft ihr entladenes Handy in die Tasche und zerrt den Reißverschluss zu. Ausgerechnet jetzt kann sie keinen klaren Gedanken mehr fassen, obwohl sie sich voll auf den Termin konzentrieren sollte – das Klinikum ist ihre erste Wahl für die weitere Facharztausbildung. Die Stelle darf also auf keinen Fall ihrer Kopflosigkeit zum Opfer fallen.

Verschneite Baumwipfel erheben sich über dem leichten Morgennebel, der sich wie ein Band um den unteren Teil des Waldes spannt. Unter Micks Gewicht knirscht die dicke Schneeschicht vernehmlich, obwohl sich jeder seiner Schritte so leicht anfühlt wie lange nicht mehr. Der Kummer, der ihm in den vergangenen Wochen zentnerschwer auf der Seele gelegen hat, erscheint ihm seit der letzten Nacht erträglicher und der Gedanke an die Zukunft weniger düster. Reine, kalte Luft füllt seine Lunge und hinterlässt den Geschmack von Ruhe und Frieden – den Geschmack seiner Heimat. Ein Spaziergang auf dem Familienbesitz ist immer ein tröstliches Gefühl gewesen. Doch mit dem Wissen um dessen Schieflage ist nun auch seine letzte Zuflucht gefährlich ins Wanken geraten. Nelly könnte die Frau sein, die ihm die verloren geglaubte Sicherheit zurückgibt. Nicht in finanzieller Hinsicht, auch nicht durch irgendeine Art der Arbeitsleistung. Allein durch ihre bloße Anwesenheit hat sie ihn innerhalb von ein paar Tagen zurück ins Leben geholt und ihm gezeigt, dass es etwas gibt, wofür es sich zu kämpfen lohnt.

Mick betritt den Wald und stapft zielstrebig durch die dicht beieinanderstehenden Bäume. Diesen Weg könnte er selbst mit geschlossenen Augen problemlos zurücklegen, jeder Fremde hingegen würde bei diesen Licht- und Wegverhältnissen schlicht verzweifeln. Die eingeschneiten Baumwipfel fangen jeden Sonnenstrahl bereits in ihren Kronen ab, und je weiter er in den Wald hineingeht, desto bedrückender und unheimlicher erscheint ihm die Umgebung. Was hat Nelly während des Unwetters auf dieser Strecke wohl mitgemacht? Durchgefroren und in völliger Ungewissheit, wann und ob sie überhaupt auf Hilfe treffen würde, muss sie durch die Gegend geirrt sein. Mick horcht auf. Was war das für ein Geräusch? Er sieht den Weg zurück, den er eben gekommen ist – nichts zeugt davon, dass außer ihm noch jemand in der Nähe ist. Auch ein Blick nach oben bringt keine neuen Erkenntnisse; wie eine dunkle Haube haben die Schneemassen sich über das Waldstück gestülpt. Wo die Sonne sich durch kleine Zwischenräume kämpfen kann, leuchten vereinzelte Punkte auf und erinnern an funkelnde Sterne am schwarzen Himmelszelt. Durch die Äste fährt ein leichtes Rascheln, im nächsten Moment ist alles wieder still. Während der Winterzeit kommt die Geräuschkulisse des Waldes beinahe vollständig zum Erliegen und ruft eine geruhsame, manchmal aber auch beklemmende Atmosphäre hervor. Die meisten Tiere haben sich zur Winterruhe in ihre Höhlen zurückgezogen, die Vögel ihren fröhlichen Gesang eingestellt. Bei dem gewaltigen Unwetter drei Tage zuvor hat Nelly von dieser Stille sicher nur Träumen können. Die abgeknickten und heruntergefallenen Äste belegen die enorme Kraft, mit der der Sturm durch die Bäume gefegt sein muss und sie damit garantiert in Angst und Schrecken versetzt hat.

Endlich am Tageslicht angekommen, hält Mick schützend die Hand vor seine Augen. Die kleinen Kristalle der unberührten Schneefläche reflektieren jeden einzelnen Sonnenstrahl und schleudern ihm gleißende Helligkeit entgegen. Außer seinen eigenen Fußstapfen sind weit und breit keine anderen Spuren sichtbar – was nicht wirklich überrascht: Die Bahnstation ist schon seit Jahren stillgelegt, und ansonsten gibt es nichts, das jemanden hierher locken könnte. Würde Nellys Koffer nicht unter dem maroden Unterstand liegen, könnte er sich auch attraktivere Wanderziele als dieses vorstellen. Schnaufend geht Mick den Bahnsteig entlang und zieht den Trolley mit einem Ruck aus seinem notdürftigen Versteck hervor.

Er liegt genau an der Stelle, die Nelly ihm kurz nach ihrer Ankunft auf dem Hof beschrieben hat. Beim Anblick der roten Punkte, die sich kreuz und quer über das Gepäckstück verteilen, muss Mick unwillkürlich lächeln. Ein bunter Lichtblick in der einfarbigen Landschaft – genau wie Nelly selbst.

Er blickt links und rechts das leere Gleis entlang. Beide Strecken verlaufen am Horizont im Nirgendwo, von dem liegengebliebenen Zug ist weit und breit nichts mehr zu sehen. Also wendet er sich wieder seiner eigentlichen Aufgabe zu. Der Versuch, den Trolley durch den Schnee hinter sich herzuziehen, scheitert jedoch bereits im Ansatz. Fluchend schiebt Mick den Griff zurück in den Einschub und schwingt den Koffer hoch auf seine Arme. Nach den ersten Metern ist ihm klar, dass der Rückweg mühselig und schwer wird – schwer im wahrsten Sinne des Wortes. Wie Frauen es schaffen einem Gepäckstück das Gewicht einer Zementwanne zu verpassen, wird für ihn ein ewiges Mysterium bleiben.

19

Dienstag, 23. Dezember – am späten Vormittag

„Hat Mick dir eigentlich gesagt, wo er heute früh hin wollte?", ruft Daniel gegen den Lärm des Pfluges an, dessen Schaufel lautstark über den mit Schnee bedeckten Asphalt scharrt. Nelly durchläuft ein Frösteln, und sie kann nicht einordnen, ob es von diesem penetranten Geräusch oder von Daniels Frage ausgelöst worden ist.

„Nein", antwortet sie einsilbig und versucht, den Kloß in ihrem Hals zu ignorieren. Nicht nur das belauschte Gespräch hat sie aus der Bahn geworfen; auch Marias betroffener Gesichtsausdruck und Jennifers mitfühlende Umarmung bei ihrer Verabschiedung haben nicht gerade die Hoffnung geschürt, dass alles nur ein dummes Missverständnis gewesen ist. Nelly stützt den Ellenbogen auf die Ablage unterm Seitenfenster – ihr Blick schweift über das langsam vorbeiziehende, schneebedeckte Feld. Die Sonne strahlt rund und satt vom wolkenfreien Himmel und versenkt ihre Strahlen in den unzähligen Eiskristallen. Ein Motiv von Künstlerqualität und gleichzeitig der blanke Hohn für ihren angeschlagenen Gemütszustand.

Auch wenn Daniel bei der Einschätzung seiner Mitmenschen bisweilen das ein oder andere Problem hat, spürt er in diesem Moment, dass es Zeit ist, den

Mund zu halten. Jede weitere Silbe würde es schlimmer machen und wäre so überflüssig wie Glühwein im Sommer. Die weitere Fahrt verläuft entsprechend angespannt und passt sich damit perfekt an die schlechten Straßenverhältnisse an. Allmählich entfernen sie sich von den Nebenwegen, die Weidershausen mit der nächstgrößeren Stadt verbinden. Als sie schließlich auf die Hauptstraße wechseln, geht es schneller voran. Der Rest der Strecke ist geräumt, doch je näher sie dem Bahnhof kommen, desto dichter wird der Verkehr. Offenbar ist sie nicht die Einzige, die auf den Zug als Fortbewegungsmittel setzt. Vor dem flachen Bahnhofsgebäude wimmelt es von Autos, sodass sie mit dem Pflug auf keinen Fall bis zum Eingang vorfahren können. Zu ihrer Rechten erstreckt sich ein großer Parkplatz, der aber ebenfalls bis auf die letzte Lücke gefüllt ist.

„Wir müssen das letzte Stück zu Fuß gehen", sagt Daniel, stellt sich quer vor zwei parkende Wagen und schaltet den Motor aus.

„Hier kannst du nicht stehenbleiben, da kommt niemand mehr rein oder raus. Fahr ruhig weiter, ich schaffe den Rest allein."

„Und wo willst du hin, wenn keine Bahn fährt und ich dann weg bin? Guck mal, dahinten kommen einige Leute mit ihrem Gepäck schon wieder zurück."

Entschlossen greift Nelly nach ihrer Tasche und stößt die Tür des Schneepfluges auf. „Mach dir keine Sorgen, ich komme klar. Das sind bestimmt Reisende, die gerade angekommen sind. Vielen Dank für alles, Daniel. Ich habe mich sehr wohl bei euch gefühlt", antwortet sie lächelnd, aber bestimmt. Die letzten Tage haben ihr Leben mehr auf den Kopf gestellt als ihr lieb ist. Auf keinen Fall wird sie heute zum Hof zurückkehren, und wenn sie Mick noch so sehr vermisst. Niemals könnte sie sich dort hinsetzen und abwarten, bis er ihr mitteilt, ob sie bleiben soll oder abserviert ist – damit würde sich ihr letzter Rest Selbstachtung endgültig in seine Bestandteile auflösen. Warum hat sie sich nur auf ihn eingelassen? Hätte sie sich gestern wie geplant einfach nur verabschiedet, würde sie jetzt bei einem gemütlichen zweiten Frühstück mit Jazz im Wohnzimmer sitzen und sich nicht mit einem Sack voller Zweifel herumschlagen. Doch alles Hätte, Wenn und Aber bringt sie nicht weiter. Nun braucht sie erst mal ein Telefon, einen Zug und vor allem Zeit zum Nachdenken.

Nachdem Nelly ausgestiegen ist, sieht Daniel ihr nachdenklich hinterher, bis sie in der Bahnhofshalle verschwunden ist. Der Motor bleibt ausgeschaltet – er hat es nicht eilig und wird abwarten, ob sie innerhalb der nächsten halben Stunde wieder auftaucht. Sein Instinkt sagt ihm, dass sein Bruder ihn im Misthaufen versenken wird, falls Nelly etwas zustoßen sollte. Was zur Hölle ist bei den beiden bloß schiefgelaufen? Mick steht Beziehungen derzeit nicht gerade offen gegenüber, soviel ist klar – ein derart respektloses Verhalten hat er ihm trotzdem nicht zugetraut. Das hätte anders geregelt werden können. Am besten hätte Mick einfach die Finger von Nelly gelassen, dann wäre es gar nicht so weit gekommen. Aber wen interessiert schon, was er denkt? In Liebesangelegenheiten ist seine Meinung offenbar genauso wenig gefragt wie bei Entscheidungen zur Zukunft des Familienhofs.

Kaum hat Nelly die Eingangshalle betreten, füllen ihre Augen sich mit Tränen, die sich in ihren Wimpern verfangen und langsam die Wangen herunterrollen. Die kontrollierte Fassade bröckelt, und es kostet sie enorme Beherrschung, ihren Gefühlen nicht auf der Stelle freien Lauf zu lassen. Niemand der Familie Brandler ist mehr in der Nähe – unbeobachtet ist sie dennoch nicht. Menschen in dicken Mänteln nehmen sich jene Mützen vom Kopf, die Nelly sich selbst am liebsten übers ganze Gesicht ziehen würde. An jeder Ecke stehen Reisekoffer, und die Lautsprecherdurchsagen gehen im aufgeregten Durcheinander unter. Obwohl das Wetter inzwischen freundlicher ist, hängt die stickige Feuchtigkeit der vergangenen Tage immer noch in der Luft und nimmt Nelly beinahe die Luft zum Atmen. Diese ganzen Leute einfach wegzaubern – was würde sie darum geben! In diesem Chaos dürfte es an ein Wunder grenzen, wenn sie tatsächlich den Zug erwischt, der sie ans Ziel bringt.

„Kann ich Ihnen helfen?", fragt ein Mann neben ihr und deutet mit dem Daumen auf das übergroße Schild vor seiner Brust: „Wir helfen, wo wir können!", verspricht der weiß-rote Schriftzug der Deutschen Bahn vollmundig. Während Nelly abwägt, ob sie nach dem Weg fragen oder besser um Betäubungspillen gegen ihren Herzschmerz bitten soll, erscheint eine Packung Taschentücher in ihrem Blickfeld. Damit hat sich auch die Befürchtung bestätigt, dass Nellys Stimmung sich mittlerweile deutlich auf ihre Optik niedergeschlagen hat – höchstwahrscheinlich in Form von zwei mit Tusche verschmierten Panda-Augen. Dankbar zieht Nelly eines der Papiere aus der Plastikfolie.

„Ein funktionierendes Telefon und ein Ticket nach Steinenbronn wären toll", antwortet sie und wischt mit dem Tuch über die dunklen Stellen auf ihrem Gesicht.

Eine Frau mittleren Alters stößt sie unsanft von hinten an und zwängt sich zwischen Nelly und ihren Gesprächspartner. „Ich muss dringend nach München, junger Mann, und Ihr unverschämter Kollege lässt mich nicht einsteigen. Wo ist der Chef von diesem Laden? Ich will ihn auf der Stelle sprechen!"

„Ich, ähm ..."

„Was stammeln Sie da rum? Mit 'ähm' kommen wir nicht weiter. Sie haben wohl keine Ahnung, mit wem Sie reden! Ich bin erste Referentin auf dem Münchner Messekongress! Hunderte Leute warten auf mich, und ich sitze in diesem verflixten Kuhdorf fest, mit einem Haufen unfähiger ..."

Die Lippen des Bahn-Mitarbeiters verziehen sich zu einem routinierten Geschäftslächeln. „Mein Kollege wird sicher einen Grund für seine Entscheidung haben. Ich bin gleich wieder da, bitte haben Sie einen kleinen Moment Geduld, dann helfe ich Ihnen gern weiter." Mit diesen Worten dirigiert er Nelly durch die Menge zu einem abseits gelegenen Büroraum. Die Schimpftiraden der aufgebrachten Geschäftsfrau verfolgen sie wie der Kugelhagel eines Schrotgewehrs.

„Hier können Sie telefonieren", sagt der junge Mann, als sie endlich außer Hörweite sind. „Sie sehen aus, als könnten Sie ein paar ruhige Minuten gut gebrauchen."

Ein Gedanken lesender Bahn-Angestellter – was für eine Wohltat nach ihrem Zusammenstoß mit diesem schmierigen Zugführer drei Tage zuvor. Bei der bloßen Erinnerung daran schüttelt es Nelly jetzt noch. Sie kramt das Einladungsschreiben des Freiburger Klinikums aus ihrer Tasche und wählt die dort angegebene Rufnummer. Das Gespräch dauert nicht länger als zwei Minuten, und ihr Bedarf an einem Ticket gen Süden hat sich danach erledigt: Die Notaufnahme sei durch die extremen Wetterverhältnisse überfüllt, wie die Sekretärin ihr mitteilte, und jeder zur Verfügung stehende Arzt werde dringend gebraucht. Laut deren Aussage befänden sich ausführliche Informationen zur Verschiebung des Vorstellungsgesprächs bereits auf ihrer Mailbox. Nelly seufzt. Böse ist sie über diese Nachricht nicht – zumindest gibt ihr das genügend Zeit, um sich zu sammeln, bevor sie in dieses für ihre Laufbahn so wichtige Gespräch geht. Der Bahn-Mitarbeiter erscheint an der Ecke.

„Sind Sie fertig?"

„Ja, vielen Dank", antwortet Nelly. „Nur ist aus dem Ticket nach Steinenbronn eben eins nach Weinsberg geworden." Ohne Umweg soll es nun in die Heimat gehen: nach Hause in ihr altes Kinderzimmer und zu einer Schüssel Schokoladenpudding. Zu einer großen Schüssel Schokoladenpudding, auf Schokoladenraspeln, mit Schokoladensoße und Sahne – wie früher, wenn es ihr nicht gut ging und sie sich dringend über etwas klar werden musste. Dieses Mal könnten allerdings auch zwei oder drei Portionen fällig werden; niemand kann absehen, wann die erhoffte Wirkung der Schokoladen-Überdosis eintritt und die Welt wieder eine Spur freundlicher aussehen lässt.

„Sie ist weg?", fragt Mick tonlos und hofft inständig, dass sein letzter Funke Hoffnung sich verhört zu haben, nicht zunichte gemacht wird. Mit verschwitzten Haaren steht er im Eingang und starrt Maria an. Ein Blick in ihre Augen ist Antwort genug. Seine Muskeln schmerzen, und die nassen Socken erzeugen bei jeder Bewegung ein unangenehm schmatzendes Geräusch zwischen Fußsohle und Schuhbett. Auf dem Heimweg ist es ihm vorgekommen, als würde Nellys Koffer mit jedem Meter schwerer werden und ihn immer weiter in die Knie zwingen.

Wortlos wischt Mick sich mit dem Handrücken über die Stirn und schiebt den Trolley um die Ecke in den trockenen Flur. Er stellt die Stiefel ab, schmeißt seine Socken daneben und stapft an seiner Mutter vorbei in Richtung Küche.

„Sie konnte nicht länger warten", ruft Maria hinter ihm her. „Heute ist ihr Vorstellungsgespräch – sie musste los."

„Ach so, natürlich. Die Arbeit ruft", antwortet Mick barscher als beabsichtigt.

„Du bist ungerecht, Junge! Nelly ist nicht Valerie – sie kann nichts für das, was passiert ist", weist Maria ihren Sohn nicht weniger rigoros zurecht.

Valerie! Wirre Gedanken jagen bei der bloßen Erwähnung dieses Namens durch Micks Kopf, deren Enden auf Anhieb kein sinnvolles Bild ergeben wollen. Einzelne Filmfetzen flimmern auf und versetzen ihn ohne Umweg zurück zu dem Tag, den er am liebsten für immer aus dem Kalender streichen würde. Zu dem Tag, an dem er die Klinke zum Schlafraum der Bereitschaftsärzte hinuntergedrückt hatte, um den Pieper aus der Tasche seines Ersatzkittels zu holen. Zu dem Tag, an dem in diesem Raum zwei halbnackte Körper auseinander gefahren sind und

214

zwei entsetzte Augenpaare ihn ertappt angeschaut haben – eines davon gehörte seiner Verlobten. Der Frau, die er um ein Haar geheiratet hätte, obwohl sie keine Kinder wollte und ihre ganze Energie in die Arbeit steckte. Die Frau, die dann trotzdem von diesem anderen Scheißkerl schwanger wurde – nur vier Wochen, nachdem Mick sich von ihr getrennt hatte. Die Frau, die an diesem gottverdammten Tag dafür gesorgt hat, dass seine Gedanken nicht zu hundert Prozent im OP bei seinem Patienten waren. Die dafür gesorgt hat, dass er nicht aufmerksam genug war und damit ein Menschenleben auf sein Gewissen geladen hat.

Micks Finger ballen sich zur Faust, und die berechtigte Sorge um das Mobiliar zeichnet sich auf Marias Gesicht ab. Nie zuvor hat sie ihren Sohn dermaßen konfus erlebt wie in den vergangenen Wochen. Die Ohnmacht, mit der er der Situation gegenübersteht, ist beängstigend, aber in gewissem Maße dennoch verständlich. Er ist sein Leben lang ein Familienmensch gewesen – egal, wie sehr sein Job ihn eingespannt hat. Wenn jemand ihn brauchte, war er da. Seine bisherigen Freundinnen kamen ausnahmslos aus der Medizinbranche und haben nicht im Traum daran gedacht, ihr Karrieretempo für die Familienplanung vorübergehend zu drosseln. Selbst der Vorschlag, sich die Aufgaben gleichberechtigt zu teilen, ist dabei auf wenig Gegenliebe gestoßen. Teilweise hat es sogar den Eindruck gemacht, als sei Mick dadurch in deren Wertschätzung eher gesunken, weil der nächste Chefarztposten nicht seine Priorität gewesen ist. Und auf den vorsichtigen Hinweis seiner Mutter, es vielleicht mit einer branchenfremden Bekanntschaft zu versuchen, hat er stets erwidert: „Wo soll ich denn bitteschön jemanden kennenlernen, wenn nicht im Krankenhaus? Ich bin entweder dort oder bei euch auf dem Hof." Diesem Argument konnte selbst Maria nichts mehr entgegensetzen. Das unglückliche Aus mit Valerie und der Tod seines Patienten hatten ihn völlig unerwartet getroffen. Sich kurz darauf für eine weitere Beziehung zu öffnen, ist sicher nicht leicht, auch wenn Nelly ihren Vorgängerinnen in keiner Weise ähnelt und er mit ihr vielleicht wirklich die Chance auf eine gemeinsame Zukunft hätte. Zwischen Nelly und ihm passt es – diese Erkenntnis wird auch an Mick nicht spurlos vorübergegangen sein.

Beschwichtigend legt Maria ihrem Sohn eine Hand auf den Unterarm und setzt sich neben ihn. „Es war nicht deine Schuld, Michael. Das ist bei den Untersuchungen doch eindeutig festgestellt worden. Der Mann war vorbelastet und schwer krank. Der Anästhesist hatte die Kontrolle über seine Atemfunktion, nicht du. Und auch er hätte nichts mehr tun können, selbst wenn das Problem früher bemerkt worden wäre."

Unwillig schüttelt Mick den Kopf. „Ich hätte mitkriegen müssen, dass etwas nicht stimmt."

„Du hast operiert. Das war nicht dein Job, Junge."

„Ich habe dafür zu sorgen, dass die Patienten meinen OP lebend verlassen – das *ist* mein Job!", brüllt Mick und schlägt mit der flachen Hand so fest auf die Tischplatte, dass die Tassen klirren. Maria zuckt zusammen.

„Nicht, dass ich dich nicht verstehen kann", brummt es plötzlich aus dem Sessel im Nebenraum. Ludwig legt die Zeitung beiseite und dreht sich zu seinem Sohn herum, soweit der Gips es zulässt. „Es muss schlimm sein, jemanden sterben zu sehen. Aber Menschen sterben nun mal, das ist der Lauf der Dinge – auch dein Operationssaal ist nicht immun dagegen, und du wirst nichts daran ändern, egal, wie sehr du dich selbst geißelst. Denk lieber drüber nach, wie viele du schon gerettet hast, und wie vielen du noch helfen wirst, wenn du endlich wieder mit der Arbeit anfängst, anstatt dich hier zu verkriechen und Löcher in die Tischplatte zu schlagen."

„Das hat Nelly auch gesagt", murmelt Mick. „Wir retten Menschen, auch wenn es nicht immer so gelingt wie wir es uns vorstellen."

Ludwig nickt. „Ein pfiffiges Mädchen, diese Nelly. Hat einen schlauen Kopf."

„Wie lange ist sie schon weg?", fragt Mick.

„Sie sind gegen Viertel nach elf losgefahren. Du warst eine halbe Ewigkeit verschwunden, und niemand hat gewusst, wo du steckst", antwortet Maria.

„Es hat länger gedauert als geplant."

„Du hättest ihr sagen sollen, wohin du gehst."

„Sie hat geschlafen und ich wollte sie nicht wecken, sondern mit dem Koffer überraschen. Hat sie ..." Die Frage bleibt ihm mitten im Hals stecken. Er kennt die Antwort und will sie nicht hören.

Maria zögert und schüttelt dann langsam den Kopf. „Bei mir hat sie keine Nachricht für dich hinterlassen, aber sie wirkte irgendwie... nun, wie soll ich sagen?" Unruhig rutscht Maria auf dem Stuhl herum. Irgendetwas stimmte bei der Verabschiedung mit Nelly nicht, doch den Grund dafür hat die junge Frau ihr nicht verraten. „Sie wirkte irgendwie ... verstört."

„Verstört?" Micks Augen weiten sich auf beängstigende Größe. *Wieso um alles in der Welt sollte sie verstört sein? Aufgebracht, wütend oder enttäuscht, ja – das wäre absolut verständlich und berechtigt. Aber verstört?*

„Verstört ist wohl nicht ganz das richtige Wort", versucht Maria, die selbst geschaffene Situation zu entschärfen. „Sie war eher etwas ... derangiert."

„Derangiert?" Mick schnappt hörbar nach Luft.

„Einen Versuch hast du noch, Maria", wirft Ludwig trocken ein und kassiert dafür einen Blick, den kein Stier Auge in Auge mit einem roten Tuch besser hinbekommen würde.

In diesem Moment betritt Daniel den Raum. Anspannung schlägt ihm entgegen, und alle Anwesenden sehen ihn an, als wäre er der Auserwählte, der die Menschheit vor dem Untergang bewahren kann.

„Was?", fragt er in die Stille hinein und guckt an sich hinunter, um sicherzugehen, dass mit ihm alles in Ordnung ist.

„Wo hast du sie hingebracht?", will Mick wissen.

„Zum Bahnhof natürlich, wohin denn sonst?"

„Hat sie was gesagt?"

„Nicht viel. Sie war sehr ... nun, wie soll ich sagen?"

„Jetzt fängst du auch noch damit an." Fahrig fährt Mick sich durchs Haar. „Spuck's schon aus!"

Daniel räuspert sich. „Sie war nicht sehr gesprächig."

„Sie hat nichts gesagt? Gar nichts?"

„Sie wollte zu ihrer Freundin nach Steinenbronn und von da aus mit dem Auto weiter nach Freiburg. Am Bahnhof wollte sie unbedingt allein weiter – wir sind mit dem Pflug nicht bis zum Eingang durchgekommen. Das war vielleicht ein Menschenauflauf, ich kann dir sagen ..."

„Ja, ja, viele Leute, hab ich verstanden. Und weiter? Was hat sie noch erzählt?", unterbricht Mick seinen Bruder ungeduldig.

„Mick?" Der Klang von Larissas Stimme lässt ihn mit den Augen rollen. Das hat gerade noch gefehlt. Wenn jemand Mick früher erzählt hätte, dass seine Sandkastenfreundin sich im Laufe der Jahre zu einer Vollzeit-Nervensäge entwickeln würde, hätte er demjenigen mit Sicherheit keine Silbe davon geglaubt. Es ist schwer zu akzeptieren, was aus dem lieben und lustigen Mädchen von damals geworden ist. Wenn es nach ihm ginge, würde sie hier längst nicht mehr ein und aus gehen wie es ihr gefällt. Aber Maria und Ludwig sind langmütig und zu gut mit Larissas Eltern befreundet, als dass sie an diesem Zustand etwas ändern würden.

„Mick! Da bist du ja endlich wieder", ruft sie und strahlt ihm entgegen.

„Ihr tut alle so, als hätte ich eine Weltumseglung hinter mir", knurrt er und schaut gereizt in die Runde.

„Larissa hat sich Sorgen um dich gemacht, weil du heute früh wohl in Rätseln gesprochen hast und ihr nicht sagen wolltest, wo du hingehst", wirft Daniel ein.

Sichtlich überrascht dreht Mick sich zu ihr herum. „Wann soll das gewesen sein? Wir haben uns heute gar nicht gesehen."

Larissas helle Gesichtsfarbe nimmt eine bedenkliche Rottönung an. Langsam dämmert Daniel, dass ihre Aussage eine einzige Lüge gewesen sein muss. Er sollte glauben, Mick wolle Nelly loswerden; sie wollte ihn dazu bringen, dass er sie so schnell wie möglich vom Hof schafft. Larissa hat ihn benutzt, und er ist wie ein tollpatschiger Jungbär ahnungslos in die Falle getappt. Erst bringt sie Nelly in Lebensgefahr und dann seinen Bruder beinahe um die Chance auf Seelenfrieden. Wut kocht in Daniel hoch. Wut auf sich selbst und seine naive Gutgläubigkeit.

Da kann auch Larissas flehender Klein-Mädchen-Blick nichts mehr retten.

Ein weiterer Gedanke durchzuckt ihn: Was, wenn Nelly das Gespräch mit angehört hat? Schließlich hat sie kurz darauf mit ihrer Tasche unter dem Arm vor ihm gestanden und ihn eindringlich gebeten, sie zum Bahnhof zu fahren. Das würde auch ihr reserviertes Verhalten erklären. Schweißtropfen bilden sich auf Daniels Stirn. Wenn er in dieser aufgeheizten Atmosphäre nun alle Karten auf den Tisch legt, wird Larissa mit an Sicherheit grenzender Wahrscheinlichkeit Sekunden später mit dem Kopf voran im Schnee stecken und nie wieder auftauchen. Hektisch schaut er zwischen Mick und Larissa hin und her, die ihn beide – wenn auch aus unterschiedlichen Gründen – mit ihren Blicken beinahe durchbohren.

Nein! Entschlossen strafft er die Schultern. Der richtige Platz seines Bruders ist definitiv als Arzt im Krankenhaus und nicht als Mörder im Affekt in einer Gefängniszelle. Für die ganze Wahrheit ist später genügend Zeit, wenn die Gemüter sich wieder beruhigt haben. Jetzt ist erst mal diplomatisches Geschick gefragt – nicht unbedingt seine größte Stärke.

„Ich glaube, sie denkt, dass es dir ..." Daniel stockt und atmet tief durch, bevor er das Unvermeidliche schließlich ausspricht. „... nicht wichtig gewesen ist. Also, die Sache zwischen euch beiden, meine ich."

„Hat sie das gesagt?"

„Nicht direkt."

„Was soll das heißen? Würdest du jetzt bitte zum Punkt kommen und mir sagen was hier los ist?"

Resigniert lässt Daniel die Schultern hängen. Er konnte noch nie gut um den heißen Brei herumreden und nackte Tatsachen mit bunten Schleifchen verziert servieren. Dieser Versuch ist bereits nach den ersten zwei Sätzen gescheitert – das ist selbst für ihn eine rekordverdächtige Leistung.

„Also gut. Ich fürchte, sie hat ein Gespräch zwischen Larissa und mir mitbekommen."

„Was für ein Gespräch?" Micks Aufmerksamkeit richtet sich auf seine ehemalige Jugendfreundin.

„Als du so plötzlich verschwunden warst, habe ich gedacht, du wolltest Abstand von Nelly – ich wollte dir doch nur helfen", stammelt sie unbeholfen.

„Abstand?", presst Mick zwischen zusammengebissenen Zähnen heraus. „Abstand brauche ich nur von dir. Wie kannst du dich ungefragt in mein Leben einmischen und alle gegeneinander aufhetzen? Was ist bloß aus dir geworden?" Ungläubig schüttelt Mick den Kopf. Dass sie sich nicht zum positiven verändert hat, ist ihm nicht entgangen. Aber ein derart abgebrühtes und gemeingefährliches Verhalten hat er trotzdem nicht erwartet. „Darüber reden wir noch. Und jetzt verschwinde, ich hab keine Zeit, mich mit dir auseinanderzusetzen!"

„Du sollst gehen, hat er gesagt", bemerkt Maria kühl, als Larissa sich nicht von der Stelle bewegt. Endlich schließt die Tür sich hinter ihr, und die Erleichterung darüber steht jedem Einzelnen ins Gesicht geschrieben.

„Ich hole Nelly zurück!", sagt Mick entschlossen. „Vielleicht bringe ich ihre Mutter auch mit, sie wird sie über Weihnachten nicht allein lassen wollen."

„Mach das, Junge. Wir würden uns freuen."

„Kommt ihr ohne mich mit dem Marktaufbau klar?"

„Natürlich, geh nur. Die Stände sind so gut wie fertig, und Ludwig muss sowieso noch mit deinem Bruder sprechen."

Misstrauisch runzelt Daniel die Stirn. „Was hab ich jetzt schon wieder falsch gemacht?"

„Gar nichts, Danny. Ich habe über dein Konzept nachgedacht und glaube, dass wir daraus etwas machen können", sagt Ludwig. „Die Grundidee ist wirklich gut. Nelly hatte auch ein paar interessante Ansätze. Du wirst den Betrieb irgendwann übernehmen, und es war ein Fehler, dass ich dich nicht früher eingebunden habe. Einem alten Mann wie mir fällt es zwar schwer, aber ich muss die Verantwortung loslassen und mich auf den Wandel der jungen Generation einstellen."

Erstaunt mustert Daniel seinen Vater. Er meint es tatsächlich ernst! Auch wenn er keine Ahnung hat, wie es zu diesem plötzlichen Sinneswandel gekommen ist, füllt sich sein Herz mit Hoffnung.

„Na, dann seid ihr ja erst mal beschäftigt, und schlagt euch bitte nicht wieder die Köpfe ein", bemerkt Mick. „Ist der Weg bis zu den Hauptstraßen frei?"

„Der Pflug hat ganze Arbeit geleistet, du kommst mit dem Auto also durch. Allerdings nicht mit deinem eigenen. Der Motor ist letzte Woche verreckt – du erinnerst dich?"

„Nimm Jennifers Wagen, sie hat bestimmt nichts dagegen", schlägt Maria hastig vor, als sie Micks verkniffenen Gesichtsausdruck sieht. „Du musst ihn nur ausgraben, er ist bis unters Dach eingeschneit. Danny hilft dir sicher dabei."

„Jennifers Auto hat pinke Sterne!"

„Ich weiß, aber es fährt."

„Gut, ich hab ja keine Wahl", antwortet Mick seufzend. „Nach Steinenbronn wollte sie, sagst du? Vielleicht erwische ich sie dort noch, wenn ich mich beeile." Mit großen Augen schaut Daniel seine Eltern an.

„Was?", hakt Mick nach, sichtlich um Beherrschung bemüht.

„Wir haben keine Adresse", murmelt er zerknirscht.

„Was ist mit der Adresse von ihrer Mutter?"

Betreten schütteln Daniel, Maria und Ludwig im Gleichklang den Kopf. Mick stürzt hinaus in den Flur und kehrt kurze Zeit später niedergeschlagen zurück. „Auf dem Koffer steht nur ihre Kölner Adresse. Da ist sie erst im neuen Jahr wieder erreichbar." Ratlosigkeit liegt in der Luft.

„Sie hat ihre Freundin angerufen", wirft Maria plötzlich ein. „Ich habe eine Nummer auf dem Zettel neben dem Apparat liegen sehen."

Maria hat den Satz noch nicht ganz beendet, da ist Mick verschwunden. Er schnappt sich das Stück Papier vom Telefontisch, springt mit nackten Füßen in ein trockenes Paar Stiefel und verlässt im Laufschritt das Haus. Jeder Versuch, ihn davon abzuhalten, wäre so unsinnig wie einem Tornado eine Verkehrsabsperrung in den Weg zu stellen. Er muss sie finden. Er muss ihr sagen, dass kein Wort von dem, was sie gehört hat, wahr ist und dass ihm das, was zwischen ihnen geschehen ist, nicht ernster sein könnte. Er muss sie an sich drücken, stundenlang mir ihr reden, neben ihr einschlafen. Aber vor dem Einschlafen muss er ... Bevor diese aufregende Vorstellung sich in seinem Kopf ausbreiten kann, schüttelt Mick sie energisch ab; er widmet seine ganze Aufmerksamkeit der Straße, die immer noch eine Herausforderung ist – trotz der Vorarbeit des Schneepfluges. Schließlich nützt es niemandem, wenn er am Ende nicht in Nellys Armen, sondern auf einem seiner eigenen OP-Tische landet.

20

Dienstag, 23. Dezember – am frühen Nachmittag

Kurz vor dem Zubringer setzt Mick den Blinker und fährt in eine Haltebucht für Linienbusse – ein regulärer Parkplatz ist nirgendwo in Sicht. Er nimmt sein Handy vom Beifahrersitz und wirft einen prüfenden Blick aufs Display. Bisher hat sich an der Stelle, an der normalerweise die Empfangsstärke angezeigt wird, lediglich ein durchgestrichener Kreis präsentiert. Nun leuchten ihm zwei deutlich grüne Striche entgegen. Erleichtert atmet Mick auf. Dies wäre das erste Mal seit Jahren gewesen, dass er ein öffentliches Telefon hätte aufsuchen müssen. Ein schwieriges Unterfangen, denn es ist ordentlich was los auf den Straßen, und Telefonzellen stehen im Mobilfunk-Zeitalter nicht mehr an jeder Ecke herum. Das hätte ihn mit Sicherheit unnötig viel Zeit und Nerven gekostet, um die es momentan ohnehin nicht zum Besten steht. Er legt sich Nellys Zettel auf den Schoß und tippt Jazz' Rufnummer ein. Als er sich das Handy ans Ohr hält, ertönt statt des erwarteten Freizeichens jedoch ein schnelles Tuten. *Verdammt! Sie telefoniert.* Ungeduldig legt Mick auf und drückt sofort die Wahlwiederholung. Und danach noch einmal und noch einmal. So lange, bis der Ton des Besetztzeichens von einem lauten Hupkonzert unterbrochen wird. Vor Schreck rutscht Mick das Handy aus der Hand und landet unter dem Gaspedal im Fußraum.

Fluchend angelt er danach und wirft anschließend einen Blick in den Rückspiegel. Das Gesicht des Busfahrers sieht alles andere als freundlich aus, und dem Geräuschpegel nach zu urteilen, sind auch die restlichen Autofahrer hinter ihm nicht gerade glücklich über die zusätzliche Wartezeit. Mick lässt den Motor aufheulen, hebt entschuldigend die Hand und räumt das Feld. Doch wohin genau die Reise gehen soll, weiß er immer noch nicht. Erst mal in Richtung Steinenbronn, und irgendwann wird er diese Jazz schon erreichen.

Für das letzte Stück von der Bahnstation bis zur Wohnung ihrer Mutter nimmt Nelly ein Taxi. Erschöpft lässt sie sich in den schwarzen Ledersitz auf der Rückbank gleiten, der etwas mehr Ruhe verspricht als der Platz neben dem Fahrer. Und Ruhe braucht sie dringend nach dieser chaotischen Reise. Ein Notfallplan der Bahngesellschaft für den Umgang mit solchen Extremsituation existiert offenbar nicht, zumindest drängt dieser Eindruck sich förmlich auf. Nach Small-Talk steht Nelly jetzt also überhaupt nicht der Sinn.

Obwohl Weinsberg mit gut 11.000 Einwohnern eher eine gemütliche Kleinstadt ist, ist es hier im Vergleich zum dörflichen Weidershausen trotzdem hektisch. Menschen hetzen auf der Suche nach den letzten Weihnachtsgeschenken durch die Geschäfte und versetzen die sonst so beschaulichen Gassen des

Marktplatzes in unruhiges Treiben. Fünf Minuten später hält das Taxi vor dem dreigeschossigen Haus, in dem Nelly ihre Jugendzeit verbracht hat. Die Sonne strahlt sorgenfrei vom wolkenlosen Himmel – es hätte ein so schöner Tag werden können. Auf der gegenüberliegenden Straßenseite zieht ein Verkäufer einen Tannenbaum durch einen silberfarbenen Trichter und holt ihn an der anderen Seite wieder heraus – verpackt in ein grobmaschiges Netz aus Nylon. Eine schick gekleidete Frau nimmt ihn vorsichtig entgegen und drückt ihm im Gegenzug einen Geldschein in die Hand. Das kleine Mädchen neben ihr zupft erst ungeduldig an ihrem Mantelsaum und stößt dann ihren Bruder an. Mit leuchtenden Augen deutet sie auf das Bäumchen. Die Mutter bringt es daraufhin in eine waagerechte Stellung, so dass die beiden es mit ihr gemeinsam abtransportieren können. Ein alter Kombi fährt vor, und ein Mann steigt aus. Mit vereinten Kräften heben die vier den Baum aufs Dach und binden ihn fest.

Betrübt sieht Nelly der kleinen Familie hinterher, bis der Wagen schließlich hinter der nächsten Ecke verschwunden ist. Vor ihrem inneren Auge erscheint Mick, der mit einem Beil unter dem einen Arm und einer frisch geschlagenen Tanne unter dem anderen aus dem Wald auf sie zukommt. Er legt die Sachen ab, umfasst ihr Gesicht mit seinen großen Händen und gibt ihr einen sanften Kuss. Dann schnappt er sich nacheinander ihre gemeinsamen Kinder und wirbelt sie durch die Luft, dass die braunen Locken nur so fliegen. *Halt, stop! Hör sofort auf damit, Janelle Morgan!* Tränen rinnen über Nellys Wangen, die sie mit dem Ärmel ärgerlich wegwischt. *Was ist los mit dir? Du bist doch sonst nicht so gefühlsduselig.* Sie steigt die Stufe zum Hauseingang hinauf, drückt auf den Klingelknopf und wartet. Als der Türsummer auch beim zweiten Versuch nicht ertönt, geht sie wieder hinunter und tritt einen Schritt zurück. Mit in den Nacken gelegtem Kopf schaut sie an der braunen Fassade des Gebäudes hoch bis zu den Fenstern, hinter denen sie selbst jahrelang gelebt hat. Eines davon ist gekippt, also muss ihre Mutter Edith auch zu Hause sein. Selbst wenn sie nur den Müll herunterbringt oder in den Keller geht: Sobald sie die Wohnung verlässt, verschließt sie jede Luke. Verstanden hat Nelly diese Eigenart nie – erst recht nicht, wenn man im dritten Stock wohnt.

Sie geht zur Haustür und presst ihren Daumen nochmals auf die Klingel. Den Zweitschlüssel will sie wirklich nur im absoluten Notfall verwenden. Sollte ihre Mutter sich hingelegt haben, wird sie den Schlag ihres Lebens bekommen, wenn Nelly plötzlich unangemeldet im Raum steht. Es wäre besser gewesen, sie anzurufen, als der freundliche Bahn-Mitarbeiter ihr die Möglichkeit dazu gegeben hat. Seufzend öffnet Nelly schließlich doch den Reißverschluss der ramponierten, roten Tasche und kramt nach ihrem Schlüsselbund. Auch wenn es aufgrund der Entfernung wenig Sinn macht, beruhigt Edith der Gedanke, dass ihre Tochter den gemeinsamen Wohnungsschlüssel weiterhin bei sich trägt. Gerade als Nelly aufschließen will, rauscht es in der Gegensprechanlage.

„Mum, ich bin's", ruft sie in den Lautsprecher, woraufhin der Summer schrillt und die Tür sich aufdrücken lässt. Nach der Hälfte der Stufen kommt Edith ihr bereits entgegen.

„Gott sei Dank, Kind!", ruft sie, und das Beben in ihrer Stimme verrät, dass Jazz sie doch angerufen haben muss, nachdem sie nichts mehr von Nelly gehört hatte. Mit geschlossenen Augen presst sie ihre Tochter an die Brust und atmet deren vertrauten Geruch ein. „Gestern war ich bei der Polizei, aber niemand konnte mir helfen. Sie haben gesagt, sie hätten nicht genug Personal und könnten sich nicht um alle Anzeigen sofort kümmern. Ich sollte ein bis zwei Tage lang abwarten, dann würdest du schon wieder auftauchen. Abwarten – das sagt sich so leicht. Ich hatte solche Angst, dass ..."

„Nicht, Mum", flüstert Nelly und legt ihr vorsichtig den Zeigefinger an die Lippen. „Sprich es bitte nicht aus. Es geht mir wirklich gut, du wirst mich nicht verlieren, okay? Auf dem Weg zu Jazz ist mein Zug liegengeblieben, und ich habe mich zu Fuß bis zu einem kleinen Dorf durchgeschlagen, wo eine nette Familie mich aufgenommen hat."

„Ich weiß, das hat Jazz mir schon erzählt. Aber was

ist nach eurem Telefonat passiert? Warum hat sie dich nicht mehr erreicht?"

„Das Telefonnetz ist zusammengebrochen. Das Akku von meinem Handy war leer, und das Ladekabel in meinem Koffer, den ich wiederum am Bahnsteig zurücklassen musste. Und bei dem Schneesturm bin ich dort nicht weggekommen. Es tut mir so leid, dass ich dir solche Sorgen gemacht habe."

Edith zieht ein Stofftaschentuch aus ihrer Hosentasche und schnäuzt hinein. „Jetzt lass uns erst mal reingehen, dann mache ich uns einen starken Kaffee, und du rufst Jazz an, damit sie beruhigt ist."

„Hast du vielleicht auch ... eine kleine Portion Schokoladenpudding zum Kaffee?", fragt Nelly betont beiläufig.

Ihre Mutter bleibt stehen und schaut sie durchdringend an. „Schokoladenpudding? Auf Schokoraspeln mit Schokosoße? Was ist passiert?"

„Gar nichts, Mum, ehrlich. Ich habe einfach nur mal wieder Appetit drauf."

„Wem willst du das erzählen?"

Seufzend fährt Nelly sich durchs Haar. „Du hast recht. Ich habe jemanden kennengelernt und ... ach, ich weiß auch nicht."

Edith nickt. „Es wird ein Weilchen dauern, bis er abgekühlt ist, ich stelle ihn am besten kurz ins Gefrierfach, wenn er fertig ist." Liebevoll legt sie den Arm um ihre Tochter. „Und nun komm! Dein Zimmer wartet auf dich."

Als Nelly die Tür zu ihrem Jugendzimmer öffnet, durchläuft sie ein angenehmes Kribbeln. Alles ist wie immer, nichts hat sich geändert: das rote Sofa, die Kommode mit dem Frisierspiegel, das Regal mit ihren alten Büchern, Gesellschaftsspielen und Puppen. Sie macht es sich auf einem der Sitzkissen bequem und betrachtet den blauen Bilderrahmen mit der Zeichnung von Mick, die sie am Morgen angefertigt hat. *Was er wohl gerade macht?* Traurig legt sie das Bild auf der Matratze ab und greift zum Telefonhörer.

„Nelly! Wo zum Teufel hast du gesteckt?" Jazz' Stimme überschlägt sich beinahe vor Aufregung. „Ich hab tausend Mal versucht, dich unter der Nummer zu erreichen, die du mir gegeben hast. Die Leitung war die ganze Zeit über tot. Ich weiß, du hast gesagt, ich soll deine Mum nicht anrufen, aber was hätte ich denn tun sollen nach den ganzen Tagen ohne Lebenszeichen von dir?"

„Ist schon in Ordnung, Süße. Ich hätte es genauso gemacht. Ich bin jetzt zu Hause in Weinsberg. Mum war gestern bei der Polizei, aber da haben die Vermisstenanzeigen sich schon bis zur Decke gestapelt – kein Wunder: Bei dem Unwetter bin ich wohl nicht die Einzige gewesen, die irgendwo festgesessen hat."

„Eben hab ich endlich deine Mitbewohnerin aus Köln erreicht ... wie heißt sie noch gleich?"

„Nina."

„Ach ja, genau. Aber sie wusste genauso wenig wie ich. Wir haben ziemlich lange gequatscht, sie macht sich auch furchtbare Sorgen. Ruf sie gleich mal an, okay? Und was ist eigentlich mit deinem Vorstellungsgespräch? Das ist doch heute, oder?"

„Eigentlich schon, aber sie haben es verschoben. Tut mir leid, dass ich nicht mehr bei dir vorbeigekommen bin. Die letzten Tage waren das absolute Chaos, damit muss ich erst mal klarkommen. Wir holen das auf jeden Fall nach."

„Na klar. Hauptsache, du bist wieder da! Geht's dir denn gut?"

„Geht so", antwortet Nelly zögernd.

„Geht so? Du hast mit diesem Bauern geschlafen, stimmt's?"

„Ähm ..."

„Ha! Ich hab's gewusst. Nach deinem letzten Anruf vom Hof hab ich's schon gewusst."

„Dann warst du schlauer als ich. Zu dem Zeitpunkt hatte *ich* nämlich keine Ahnung davon."

„Jetzt erzähl schon! Wie kam's dazu und wie war's?"

„Es ist einfach passiert – ich hab mit so was überhaupt nicht gerechnet."

„Mit *so was*? Wow! Das klingt nach Sex vom anderen Stern", haucht Jazz in den Hörer.

„Es geht nicht nur um Sex. Natürlich auch, aber hauptsächlich geht es um ein Gefühl, ganz tief hier drin". Auch wenn ihre Freundin sie nicht sehen kann, presst Nelly zur Bekräftigung die Hand auf ihr Herz.

„Es hat mich davongetragen, mich alles andere ver-

gessen lassen, als würde ich nach langer Suche endlich nach Hause kommen. An diesen Moment werde
ich mich mein Leben lang erinnern, egal was passiert,
und nichts und niemand kann ihn mir mehr wegneh-
men – er gehört für immer mir."

Am anderen Ende der Leitung herrscht Schweigen.
„Jazz? Bist du noch dran?"

„Oh, mein Gott!", brüllt Jazz so laut in den Apparat, dass Nelly unter der Lautstärke erschrocken zu-
sammenzuckt und schnell einen Sicherheitsabstand
zwischen ihr Ohr und den Hörer bringt. „*Du* hast
dich *verliebt*?", fährt sie in einer Stimmlage fort, die
die Vermutung aufkommen lässt, Nelly habe die bal-
dige Ankunft der Arche Noah angekündigt. „Wo du
immer gedacht hast, auf dieser Welt würde es keinen
Mann geben, der dich in ein kopfloses Huhn verwandeln könnte, so wie's mir ständig passiert?"

„Tja, ich stecke wohl mittendrin", gibt Nelly widerwillig zu und kann sich das erste Mal in Jazz' Lage
hineinversetzen, obwohl ihre aktuelle Situation mit
dem sprunghaften Liebesleben ihrer Freundin wenig
gemeinsam hat. Trotzdem kann sie die emotionalen
Achterbahnfahrten, die sie immer wieder durch-
macht und beschreibt, nun besser verstehen.

„Kurz vor Weihnachten, in einem schnuckeligen
Dorf, trifft sie den Mann ihrer Träume. Der Schnee
rieselt leise zur Erde, und sie sind allein. Ganz allein
– als wäre die Welt nur für sie erschaffen worden."
Nelly kann das vertraute Gesicht ihrer Freundin

förmlich vor sich sehen, wie sie ihr Himmelfahrts-
näschen träumerisch in die Luft reckt und sich mit einem zufriedenen Lächeln zurücklehnt. „Das klingt
nach einem Märchenprinzen, der höchstens ab Kapi-
tel drei in einem Liebesroman auftaucht, aber nicht
im wahren Leben. Ich würde alles dafür geben, an
deiner Stelle zu sein!" Ein langgezogener Seufzer beendet diese Zusammenfassung in angemessener Weise.

Trotz ihres Kummers muss Nelly lauthals lachen.
„Also ganz so romantisch ist es nun wirklich nicht
gewesen. Und wie es weitergeht, weiß ich auch nicht.
Ich habe ihn nach dieser Nacht nicht mehr gesehen."

„Was? Wieso denn das nicht?"

„Ach, Jazz. Wenn ich das wüsste ... warte mal kurz,
Mum ruft mich. Ich glaube, der Kaffee ist fertig."
Nelly geht zur Tür. „Ich komme sofort", ruft sie
durch den Flur und wendet sich dann wieder dem
Telefon zu. „Tut mir leid, wir quatschen nachher weiter, ja? Ich will Mum nicht warten lassen. Sie war
vorhin völlig aufgelöst."

„Das kannst du mir nicht antun! Ich bin erst um
acht wieder zu Hause, bis dahin bin ich vor lauter
Neugierde geplatzt, und du bist Schuld dran."

„Das verkraftest du schon, bist ein starkes Mädchen", gluckst Nelly und schickt ihrer Freundin zum
Abschied einen Kuss durch die Leitung.

Jazz' quirlige Art ist ansteckend, in ihrem Beisein
kann einfach niemand schlechte Laune haben. Doch

kaum ist die Verbindung unterbrochen, kehrt Nellys Stimmungstief unbarmherzig zurück. Dick und schwer liegt es auf ihrer Seele, und auch der Kaffeeduft kann es nicht nennenswert erträglicher machen. Die Frage, warum so vieles unausgesprochen geblieben ist, lässt sie nicht zur Ruhe kommen.

21

Ständig besetzt! Das gibt's doch gar nicht! Mick lässt das Handy sinken und starrt unschlüssig auf das Ortseingangsschild von Steinenbronn. Bis hierher lief es verkehrstechnisch besser als erwartet, aber nun wäre eine genau Adresse hilfreich. *Mit wem telefoniert diese Jazz bloß die ganze Zeit, während Nelly bei ihr zu Besuch ist?* Er schaut auf die Uhr. *So ein Mist! Wahrscheinlich ist sie gar nicht mehr da, sondern längst unterwegs nach Freiburg.* Zum gefühlt hundertsten Mal drückt er auf die Wahlwiederholung und schaltet anschließend den Lautsprecher ein. Den penetranten Ton des Besetztzeichens am Ohr, kann Mick nicht mehr ertragen. An exakt dieser Stelle wird er im Auto sitzenbleiben und die Taste weiter malträtieren, auch wenn es die ganze Nacht dauert. Er muss mit Nelly sprechen – um jeden Preis.

Ein Freizeichen! Sein Herz rast.

„Ja?"

„Hi, ich bin Mick Brandler und suche deine Freundin Janelle. Meine Familie und ich haben sie während des Schneesturms bei uns auf dem Hof aufgenommen, und heute früh ist sie ohne ihren Koffer abgereist. Den würd ich ihr gerne zurückbringen."

„Der Prinz an meinem Telefon", wispert Jazz leise und schlägt sich im gleichen Moment die Hand vor

237

den Mund. *Verdammt! Warum kann ich nicht einfach mal etwas denken, ohne es immer sofort auszusprechen?*

„Also ein Prinz bin ich nicht, sondern eher ein Arzt", antwortet Mick amüsiert. „Ein Arzt, der momentan in Steinenbronn vor einer Tankstelle steht und nicht so genau weiß, wo er hin soll."

„Ja, ja, natürlich. Ich weiß Bescheid", versichert Jazz schnell und verflucht die Tatsache, dass sie ihn nun in die entgegengesetzte Richtung fortschicken muss. Wie gerne hätte sie den Mann persönlich gesehen, der ihrer Freundin derart den Kopf verdreht hat. „Nelly ist leider nicht hier. Ihr Vorstellungsgespräch hat sich verschoben, und sie ist direkt nach Hause zu ihrer Mutter gefahren."

Mick schließt für einen Moment die Augen und atmet tief durch. „Hast du die Adresse?", fragt er schließlich und hofft inständig, dass sie ihm sagen kann, wo er Nelly findet. Langsam sind ihm wirklich genug Steine in den Weg gelegt worden.

„Klar, hast du was zu schreiben?"

Mick reißt das Staufach der Beifahrerseite auf, und es fallen ein Schwall an CDs, ein Schwamm, ein Eiskratzer, haufenweise Taschentücher, fünf Lippenstifte, zwei Puderdosen, ein riesiger schwarzer Pinsel und diverse Legoklötze scheppernd in den Fußraum. Nach Block und Stift sucht er vergebens.

„Schreiben ist gerade schlecht, aber schieß trotzdem los. Einen Straßennamen und eine Hausnummer kann ich mir merken."

Kaum ist das Gespräch beendet, tippt Mick die Adresse in sein Mobiltelefon ein. Bei seinem Glück hat er sie sonst innerhalb der nächsten zehn Sekunden wieder vergessen. Er wirft einen weiteren Blick auf die Uhr. Wenn er sich beeilt und Jennifers Wagen nicht genauso auseinanderfällt wie der Inhalt des Beifahrerfachs, müsste er in einer guten Stunde dort sein.

Nellys Mutter steht am Küchenfenster und schaut geistesabwesend hinaus aufs bunte Treiben der umhereilenden Passanten. Der Kaffee hat gut getan, und nun ist endlich auch der Pudding für ihre Tochter abgekühlt.

„Hey, Mum. Ist alles in Ordnung?"

Edith Morgan schaut ihre Tochter liebevoll an und nickt. „Ja, mein Schatz. Ich vermisse deinen Vater in der Weihnachtszeit nur noch mehr als an allen anderen Tagen im Jahr, weißt du? Er mochte die Festtage in Deutschland so sehr – unsere besinnliche Feier ist der totale Gegensatz zur amerikanischen, grellen Hektik gewesen, mit der er aufgewachsen ist."

Nachdenklich streicht Nelly sich den Pullover glatt und lässt ihren Blick durch den Raum schweifen. Auf dem Küchentisch steht ein kleines Gesteck mit Tannenzweigen, ein paar glitzernden Kugeln und einer dicken roten Kerze in der Mitte. Die restliche Wohnung sieht aus wie immer – von weihnachtlicher Vorfreude keine Spur. Auch wenn sie früher nur zu dritt waren, ist die Erinnerung an diese Tage bis heute mit dem Gefühl uneingeschränkter Geborgenheit verbunden. Ohne es zu wissen, haben ihre Eltern ihr damals eine tief verwurzelte Sicherheit vermittelt: die Gewissheit, dass immer jemand für sie da sein wird, wie ein Leuchtturm, der den Schiffen im Dunkeln zuverlässig den Weg weist. Als Kind hat sie nichts davon in Frage gestellt; erst mit dem plötzlichen Tod ihres Dads ist ihr bewusst geworden, dass diese Art des Rückhalts keine Selbstverständlichkeit ist und sich jeder, der diesen hat, glücklich schätzen kann.

Nelly schaut zu ihrer Mutter hinüber: Sie wirkt ausgezehrt, und die dunklen Ränder unter ihren Augen zeugen von manch schlafloser Nacht. Sie hat sich verändert. Die lebenslustige Frau hat sich nach der Trennung von ihrem neuen Partner Stück für Stück von allen Aktivitäten zurückgezogen, und die lange Arbeitslosigkeit hat deutliche Spuren hinterlassen. Während Nellys Medizinstudium haben sie sich regelmäßig gesehen, denn die Strecke von Heidelberg nach Weinsberg ist überschaubar. Seit ihrem Umzug nach Köln und den damit verbundenen unmenschlichen Arbeitszeiten sind die Besuche jedoch selten geworden. Die Tatsache, dass der beste Freund ihrer Mutter mittlerweile der Fernseher ist, und sie diese Entwicklung vor lauter Verpflichtungen und Zeitmangel nicht mitbekommen hat, trifft Nelly bis ins Mark. Ein Telefon ersetzt eben kein persönliches Gespräch. Nelly ist Ediths einziges Kind, der letzte

Mensch, der ihr wirklich etwas bedeutet, und trotzdem will sie nicht, dass ihre Tochter sich ihr gegenüber in irgendeiner Weise verpflichtet fühlt. Nelly führt ihr eigenes Leben, das hat Edith immer voller Überzeugung unterstützt.

Betroffen fixiert Nelly die große Puddingschüssel, die in voller Pracht und mit Schokosoße garniert vor ihr auf dem Esstisch steht. Entschlossen greift sie nach der Packung mit den Schokoladenraspeln und leert deren Inhalt komplett darüber aus. Dann nimmt sie den Löffel – wen interessieren an solch einem Tag schon die Kalorien? Und spätestens mit dem zweiten Bissen ist das Schicksal der süßen Masse endgültig besiegelt: Die Portion wird vertilgt; nichts und niemand wird Nelly davon abhalten. Bei knapp der Hälfte ihres Vorhabens angekommen, klingelt es an der Tür.

„Erwartest du jemanden?"

„Nein, eigentlich nicht." Edith schüttelt verwundert den Kopf und geht in den Flur hinaus. Sie drückt auf die Taste der Gegensprechanlage, woraufhin ein lautes Knistern aus dem Lautsprecher dröhnt. Mit einem gezielten Schlag gegen die weiße Plastikabdeckung ist das Problem behoben: Das störende Geräusch verstummt, und die Verbindung zu dem Besucher vor der Haustür ist hergestellt.

„Ja, bitte?"

„Hallo, ... ich bin ... hoffe, ... Nelly da?"

Die Leitung verschluckt den Großteil der Antwort,

doch Nelly hat die Stimme bereits nach dem ersten Wort erkannt. Ihr Puls schnellt in die Höhe, der Löffel rutscht ihr vor Schreck aus der Hand und taucht in die Schüssel ein. Kleine, braune Tröpfchen spritzen ihr entgegen, denen sie nur mit Mühe ausweichen kann. Notdürftig wischt sie sich mit der Serviette über den Mund und läuft zu ihrer Mutter in den Flur.

„Das ist er, Mum", zischt sie leise und drückt auf einen Knopf, der die Eingangstür daraufhin summend entriegelt. Schwere Schritte schleppen sich Stufe für Stufe in die dritte Etage hinauf. Mit klopfendem Herzen beobachtet Nelly die Treppe. Zuerst sieht sie ihren Koffer, getragen von zwei kräftigen Armen, deren Anblick die ein oder andere Erinnerung an die letzte Nacht wachruft.

„Hey", murmelt Mick, als er schnaufend oben angekommen ist.

„Hey", entgegnet Nelly unsicher. „Woher wusstest du, wo ich bin?"

Mit einem verschmitzten Grinsen zieht er den Zettel mit Jazz' Rufnummer aus seiner Hosentasche. Nelly sieht auf die Uhr. Wenn Mick jetzt schon hier ist, muss er mit Jazz gesprochen haben, unmittelbar nachdem sie selbst sich von ihr verabschiedet und aufgelegt hatte. Da hätte ihre Freundin sie ruhig noch einmal anrufen und vorwarnen können, dass er auf dem Weg zu ihr ist!

Mick tritt näher an Nelly heran. „Die Sache heute

früh tut mir wirklich leid. Ich wollte dich mit dem Koffer überraschen, und dann ist alles aus dem Ruder gelaufen. Darf ich reinkommen und es dir erklären?"

Nelly führt ihn durch den Flur bis in die Küche, wo die halb geleerte Puddingschale unübersehbar mitten auf dem Tisch steht. Hastig trägt Nelly sie zur Ablage neben dem Spülbecken und schiebt sie in die hinterste Ecke. Die Stimmung löst sich, und Edith ergeht es nicht anders als ihrer Tochter drei Tage zuvor: Sie erliegt Micks Charme innerhalb der ersten Minuten. Als er ansetzt, Nelly von dem Grund für seine anfängliche Skepsis ihr gegenüber und von Larissas Intrigen zu erzählen, zieht Edith sich diskret zurück.

„Ich wollte dir nie weh tun, das musst du mir glauben!", beendet er seine Ausführungen schließlich und greift nach Nellys Hand. Widerstandslos lässt sie sich von ihm in die Arme ziehen. „Ich möchte mit dir zusammen sein. Komm mit mir zurück auf den Hof, dann bekommst du sogar den Rest von Mas Weihnachtsmarkt mit. Alle würden sich wahnsinnig freuen."

Nelly legt den Kopf in den Nacken und schaut zu ihm auf. In ihrem Blick flackert Bedauern. „Das würde ich wirklich gern, aber ich kann und will Mum nicht allein lassen."

„Natürlich nicht! Sie kommt mit, was hast du denn gedacht? Ma liebt es, wenn sie Gäste hat, das weißt du doch, und deiner Mum tut ein bisschen Ablenkung sicher gut."

Edith von diesem Plan zu überzeugen, stellt sich als nicht ganz einfach heraus, und Nelly kann die Bedenken ihrer Mutter gut verstehen. Wer lässt sich schon vorbehaltlos über Weihnachten bei wildfremden Leuten einquartieren? Am Ende lässt sie sich von den vor Freude glänzenden Augen ihrer Tochter aber überzeugen: Mit Sack und Pack geht es zurück nach Weidershausen.

Der Rückweg ist mühsam; das Wetter ist wieder umgeschlagen und vom Himmel fallen dicke Flocken, denen Jennifers alte Scheibenwischer nicht viel entgegenzusetzen haben. Angestrengt starrt Mick durch die verschwommene Windschutzscheibe und kneift die Augen zusammen. Mittlerweile ist es dunkel geworden, und die Lichter der entgegenkommenden Wagen behindern die Sicht zusätzlich. Verstohlen schaut Nelly ihn von der Seite an. Sie hat sich nicht in ihm getäuscht. Das, was in der letzten Nacht zwischen ihnen geschehen ist, war durch und durch echt – und es gibt nichts, das sie glücklicher machen könnte. Im Radio läuft leise, unaufdringliche Weihnachtsmusik. Sie dreht sich zu ihrer Mutter auf dem Rücksitz herum und lächelt. Edith lächelt zurück, doch die Anspannung vor dem Unbekannten ist ihr deutlich anzusehen. Bereits auf der Einfahrt des Brandler-Hofs fühlt Nelly sich in eine andere Welt versetzt. Fackeln beleuchten den Weg zur festlich geschmückten Scheune und führen die Marktbesucher sicher an ihr Ziel. Unerwartet viele Leute haben sich trotz der Witterung eingefunden, um Marias Waren zu begutachten. Als sie Nelly entdeckt, entwischt ihr ein kleiner, spitzer Schrei.

„Liebes, du bist wieder da!", ruft sie und drückt Nelly an sich. Edith steht verlegen daneben – sichtlich überrascht von dieser Herzlichkeit. „Und Sie müssen ihre Mutter sein", fährt Maria fort. „Ich freue mich so sehr, dass Sie mitgekommen sind."

„Vielen Dank für die nette Einladung", antwortet Edith. „Ich hoffe, ich kann Ihnen etwas zur Hand gehen und mich damit zumindest ein bisschen revanchieren. Die ganze Situation ist mir ehrlich gesagt ein wenig unangenehm."

„Na, das werden wir schnell ändern, bald fühlen Sie sich wie zu Hause", antwortet Maria lachend. „Und Arbeit gibt es bei uns immer genug. Der Markt geht langsam dem Ende zu. Wenn Sie mögen, können Sie mir gern beim Einräumen der Strickwaren helfen." Das lässt Edith sich nicht zweimal sagen. Nelly beobachtet, wie ihre Mutter Teil für Teil zusammenfaltet und sorgfältig in den Kartons verstaut. Vollends mit Maria ins Gespräch vertieft, vergisst sie alles andere um sich herum.

„Ich glaube, es ist lange her, dass Mum das Gefühl hatte, gebraucht zu werden", bemerkt Nelly mit einem Anflug von Traurigkeit.

„Siehst du? Wir Brandlers haben allesamt heilende Kräfte", entgegnet Mick schmunzelnd und zieht sie hinter sich her zum Scheunentor.

„Warte!" Nelly hält Mick am Arm zurück. „Was machen wir, wenn's nicht funktioniert? Das mit uns beiden, meine ich", murmelt sie dicht an seinem Ohr und presst sich so fest an ihn wie ein Kind seinen geliebten Teddy drückt, ohne den es nicht eine einzige Nacht überstehen würde.

„Es wird funktionieren!"

„Wie kannst du da so sicher sein?"

Mick wickelt sich eine von Nellys Locken um den Zeigefinger und streicht ihr sanft über die Wange. Der hoffnungsvolle und zugleich scheue Blick ihrer braunen Augen lässt Micks Herz einen großen Satz machen. Stände er nicht mitten auf dem Weihnachtsmarkt seiner Eltern und unter der Beobachtung von mindestens 40 Zuschauern, würde er vor lauter Glück auf der Stelle laut losschreien.

„Ha! Ihr steht wieder unter ein paar Misteln", ruft Josefine in diesem Moment aufgeregt und deutet auf die mit roten Perlen besetzen Äste. „Jetzt musst du sie aber küssen! Ist doch völlig egal, dass die blöden Zweige giftig sind."

Lächelnd sieht Mick Nelly an. „Jemand hat mir letzte Nacht ziemlich überzeugend klargemacht, dass ich alles erreichen kann, wenn ich es wirklich will. Wenn ich es mehr will als alles andere auf der Welt, und dass es sich lohnt, dafür zu kämpfen." Er beugt sich zu ihr hinunter, ganz langsam, als wolle er diesen Augenblick so lange wie möglich festhalten, und haucht ihr einen sanften Kuss auf die Lippen. „Deshalb weiß ich, dass wir es gemeinsam schaffen werden. Denn genau *das* ist es, was ich mehr will als alles andere auf der Welt – so sicher, wie die Klöße auf diesem Hof für immer grün bleiben werden."

Epilog
Sonntag, 17. Mai – am Nachmittag

Endlich Feierabend! Und der nächste Wochenend-dienst steht erst in drei Wochen an. Nelly streift die Ballerinas von ihren Füßen und legt die Beine auf einer Gartenkiste ab. Genüsslich streckt sie ihre Arme dem Himmel entgegen und lässt sich auf dem Gartenstuhl nach hinten sinken.

Wie anders die Landschaft um Weidershausen herum auf dem Höhepunkt des Frühlings aussieht – wie anders sich alles anfühlt. Wärmende Sonnenstrahlen streichen über Nellys Haut, und eine leichte Brise fährt durch ihr offenes Haar. Wiesen und Felder, so weit das Auge reicht, hier und da unterbrochen von leuchtend gelben Teppichen aus Raps. Ein zwitschernder Vogelschwarm zeichnet seine Bahnen in die Luft und verschwindet schließlich hinter den Bäumen des angrenzenden Waldstücks. Beim Gedanken an ihren unfreiwilligen Ausflug dorthin, mit Sturm und Schnee als einzigem Begleiter, fröstelt es Nelly immer noch. An diese ersten Stunden wird sie sich für immer erinnern: Sie waren gefährlich, aufwühlend und doch unvergesslich. Für die Schönheit auf diesem Fleckchen Erde hatte sie zu diesem Zeitpunkt kein offenes Auge. Aber an Heiligabend und in der darauffolgenden Woche, die sie gemeinsam mit ihrer Mutter auf dem Brandler-Hof verbracht hatte, offenbarte sich ihr die ganze Faszination der ländlichen Winterwelt, mit all seinen Facetten: Die weißen Schneeflächen verschmolzen am Horizont mit der Wintersonne und verwandelten den Ausblick in ein Meer glitzernder Kristalle. Trockene, eiskalte Luft strömte durch ihren Körper und versetzte ihre Glückshormone in Aufruhr. Doch nicht nur die Natur brachte sie in diesen wunderbaren Zustand, auch Mick war alles andere als unschuldig daran.

Nachdem Nelly für die Assistenzarztstelle im Freiburger Klinikum tatsächlich eine Zusage erhalten hatte und dort einige Wochen später bereits anfangen konnte, stand einem Umzug nichts mehr im Wege. Jeglicher zaghafte Versuch, sich ein eigenes Appartement zu nehmen, wurde von Mick und dessen Familie im Keim erstickt. Für sie stand von Anfang an fest, dass Nelly ein Zimmer auf dem Hof beziehen würde. Genau das war es, was sie sich insgeheim die ganze Zeit über gewünscht, aber kaum zu hoffen gewagt hatte. Ihre Mutter Edith zog es ebenfalls in Richtung Süddeutschland, allerdings ließ sie sich nicht dazu überreden, ebenfalls auf dem Gut einzuziehen. So sehr sie Maria, Ludwig, Daniel, Mick, Jennifer, Josefine und Jacky auch ins Herz geschlossen hat – ein Rest Privatsphäre war ihr dennoch wichtig. Trotzdem hält sie sich häufig dort auf, um Maria bei dem Aufbau des Hofladens und der Gästezimmer zu unterstützen – eine Tätigkeit, die ihr anscheinend einen Teil von dem zurückgibt, was sie die ganze Zeit über schmerzlich vermisst hat.

Die Umbauarbeiten zum Bio- und Erlebnishof laufen auf Hochtouren. Erste Felder sind bereits in einzelne Parzellen aufgeteilt und an Privatleute verpachtet worden. Der Anfang ist geschafft, ein Geldgeber gefunden, aber der Großteil der Arbeit liegt noch vor ihnen. Jeder Beteiligte ist motiviert bis in die Haarspitzen: Wäre es unter solchen Voraussetzungen nicht gelacht, wenn dieses Projekt nicht erfolgreich verlaufen würde?

In anderthalb Monaten wird das Team um zwei weitere Personen und einen Hund stärker sein. Jennifers Umzugskartons stehen bereit, und Josefine kann es kaum erwarten, ihre Nachmittage mit Jacky in den Ställen und auf den Weiden zu verbringen. Während der Osterferien im April waren sie noch einmal zu Besuch. Was dabei zwischen Jennifer und Fred vor sich ging, war hochinteressant: Wie hungrige Löwen sind sie umeinander herumgeschlichen, als würden sie lediglich auf den Startschuss warten, um sich auf ihr Futter zu stürzen. Lange Zeit werden sie sich nicht mehr zurückhalten können.

„Na, Frau Doktor? Wieder zu Hause?" Zwei Arme schlingen sich von hinten um Nelly herum. Lächelnd legt sie ihre Hände darauf ab und fährt an ihnen hoch bis zu den aufgekrempelten Ärmeln. Der Geruch von frischem Kaffee steigt ihr in die Nase. Erwartungsvoll sieht sie sich um. Mick entlässt sie für einen Moment aus seiner Umarmung, nimmt die Kaffeetasse vom Tisch und hält sie ihr entgegen.

„Ja, jetzt reicht's wirklich erst mal mit den Sonntagsschichten", erwidert Nelly und greift dankbar danach. Ein großer Schub Koffein ist jetzt genau das Richtige. „Hast du nächstes Wochenende Dienst?"

„Nein, ich hab auch frei", antwortet Mick vielsagend. „Da fällt uns sicher ein netter Zeitvertreib ein."

„Bestimmt. Zum Beispiel können wir das letzte Gästezimmer streichen oder das Hinterzimmer vom Hofladen aufräumen."

Mick räuspert sich. „Also eigentlich hatte ich eher an etwas anderes gedacht. Aber wo du gerade das Hinterzimmer erwähnst ..."

Liebevoll knufft Nelly ihm in die Seite. „Du bist unmöglich!"

„Gar nicht! Ich bin nur sehr glücklich, dass es dich gibt und dass wir uns getroffen haben."

„Ja", haucht Nelly und zieht ihn am Nacken zu sich hinunter. „Wir haben uns getroffen. Dem Schnee sei Dank."

Ob im Winter auf dem Sofa oder bei 30 Grad am Strand: Lena und Maik werden dich nicht mehr loslassen!

ISBN 978-3-73477-812-4 (Taschenbuch)
ISBN 978-3-73869-984-5 (E-Book)

Was wäre, wenn du eines Morgens feststellst, dass nichts mehr so ist wie am Tag zuvor? Wenn alles, was du bis dahin gekannt hast, plötzlich nicht mehr zählt?

Völlig unerwartet steht Lena einem Leben gegenüber, dass keine Ähnlichkeit mehr mit ihrem bisherigen hat. Sie findet sich mit einem Sack voller Probleme, in einer Wohnung und in einem Stadtviertel wieder, die komplett anders sind als das, was sie in den letzten 14 Jahren gewohnt war. Spätestens als mitten ins Gefühlschaos mit Maik auch noch ihre erste große Liebe auf den Plan tritt, steht für Lena endgültig alles Kopf. Wird sie gemeinsam mit ihm und dem flippigen Zirkuskind Jo den Kampf um ihren Platz im Leben gewinnen?

Ein Roman nicht nur für Jugendliche, sondern für alle, die diese aufregende Zeit in ihrem Leben noch nicht ganz vergessen haben.

TARA RIEDMAN

Vom Licht bis zum Schatten ist es nicht weit …

DAS
HEXENBRETT

Thriller-Kurzgeschichtenreihe

ISBN 978-3-73477-651-9 (E-Book)

Eigentlich sollte es nur ein schöner Abend werden: vier Freunde, ein Wochenendtrip und jede Menge Spaß. Wenn ihnen nur dieses alte Ouija-Board nicht in die Hände gefallen wäre und sie zum Spiel herausgefordert hätte. Fassungslos müssen sie feststellen, wie schnell aus Spiel Ernst werden kann – wie schmal der Grat zwischen Licht und Schatten wirklich ist.

SCHON MAL BEI EINER SEANCE
MITGEMACHT?

NACH DIESER KURZGESCHICHTE
FASST DU GARANTIERT KEIN
HEXENBRETT MEHR AN!

tarariedman.de
facebook.com/tarariedman.de